愛することが怖くて

リン・グレアム 作
西江璃子 訳

ハーレクイン・ロマンス
東京・ロンドン・トロント・パリ・ニューヨーク・アムステルダム
ハンブルク・ストックホルム・ミラノ・シドニー・マドリッド・ワルシャワ
ブダペスト・リオデジャネイロ・ルクセンブルク・フリブール・ムンバイ

BRIDE FOR REAL

by Lynne Graham

Published by Harlequin Japan, a Division of K.K. HarperCollins Japan, 2025

リン・グレアム

北アイルランド出身。10 代のころからロマンス小説の熱心な読者で、初めて自分で書いたのは 15 歳のとき。大学で法律を学び、卒業後に 14 歳のときからの恋人と結婚。この結婚は一度破綻したが、数年後、同じ男性と恋に落ちて再婚するという経歴の持ち主。小説を書くアイデアは、自分の想像力とこれまでの経験から得ることがほとんどで、彼女自身、今でも自家用機に乗った億万長者にさらわれることを夢見ていると話す。

主要登場人物

タルーラ・スペンサー……………インテリア会社経営者。愛称タリー。
クリスタル・スペンサー…………タリーの母親。
コジマ…………………………………タリーの異母妹。
ロバート・ミラー……………………タリーの友人。ソフトウエア会社経営者。
ライサンダー・ヴォラキス………タリーの夫。ヴォラキス海運経営者。愛称サンダー。
ペトロス・ヴォラキス……………サンダーの父親。
アイリーン……………………………サンダーの母親。
オレイア・テリス……………………サンダーの元恋人。故人。
リリ………………………………………オレイアとサンダーの娘。

プロローグ

サンダーは苦い表情で目を光らせ、新聞に載った写真を見つめた。深紅のイブニングドレスに身を包んだ小柄でセクシーな妻が、ほかの男の腕に抱かれている。

自分がショックを受けているという事実に戸惑う。次にかっと燃えるような怒りがこみ上げてきて目まいがした。胸のうちを焼き払われて空っぽになったような気分だ。

ロバート・ミラーか――驚きはしないな。二年前、ウェストグレイヴ・マナーでも、あの男はタリーに早々に目をつけていた。そう、サンダー自身もそうだったように。そんな目まいがしそうな怒りをこらえ、サンダーは無造作に新聞を押しやると、じっと様子をうかがっている父に目をやり、心のうちを見せずに言った。

「これが何か？」

「おまえはいつ彼女から自由になるんだ？」

ペトロス・ヴォラキスが渋い顔で言った。サンダーの別居中の妻の生活がマスコミに逐一報道されていることは家名の恥だと言わんばかりだ。

「ぼくはすでに自由だよ」

サンダーは肩をすくめて答えた。離婚手続きにはまだしばらく時間がかかるが、二人の別居はもう公然のものなのだ。

再び新聞に目が引き寄せられた。タリーがほかの男といるのがそんなに気になるのか？　ぼくたちは離婚するのだから、タリーがほかの人々とのつき合いを再開するのは当然だ。なのに、じっとしたまま熱いコールタールを垂らされる拷問を受けている男のように、苦しくてたまらない。なぜだ？　別居する前から、タリーはあからさまにぼくへの無関心を示していた。あの障壁を打ち破れる男などいるわけがないと思っていた。だが、ぼくがしくじった事柄に関してほかの男がうまくやっているという事実が腹立たしく、どうだと見せつけられているような気がする。

「おまえのほうは結婚前のようにゴシップ欄をにぎわすことはなくなったな」

父がいつになく鋭い言葉を投げかけてきた。

「ぼくも大人になったのさ」サンダーは冷ややかに答えた。「用心深くもなったしね」

「確かに、彼女とのことは過ちだったが、そのことについてはもう何も言うまい」

息子の頑固そうな顎がこわばるのに気づき、ペトロスが油断のない目で言った。

浅黒く引きしまったサンダーの顔にはなんの表情も浮かんでいなかった。言うことなど何もない、わざわざ口にする価値のあることなど何も。

最初の子どもが死産だったときも慰めの言葉一つかけてこなかった両親がぼくの結婚を気にかけるとは、とんだ驚きだ。そもそも、サンダーと父、そして母との関係はずっと以前から冷えきっていた。両親のお気に入りだった兄のティトスが悲劇的な交通事故で亡くなったあと、兄の放漫経営が原因で深刻な危機に陥っていたヴォラキス海運を立て直したのはもっぱらぼくの功績であるにもかかわらず、ぼくは相変わらず〝できの悪い二番め〟のままなのだ。仕事上で大成功を収めても、それに反して私生活が最悪とは情けない限りだ。

一方、タリーはさっさと結婚生活から逃げ出したのち、仕事の上でも私生活でも、そして新たな男とのつき合いでも大成功を収めている。

サンダーは無性に腹が立ってきた。以前のタリーはもっと無邪気で素直な娘だった。キスをすると興奮で息もできないほどだった。ロバート・ミラーとタリーがベッドをともにする光景など想像したくもない。自分は独占欲の強いほうではないと思っていたのに、こんなことを考えるなんてどうかしている……。

1

「ヴォラキスとの離婚はいつ成立するんだい?」ロバート・ミラーが何気なさそうにたずねた。

きっと内心は気になって仕方がないに違いない、とタリーは体を硬くし、明るい緑色の瞳に警戒の色を浮かべて顔をそむけた。生地サンプルの見本帳を繰るタリーのうなじに沿った髪が逆光を受け、明るいオレンジの髪の色が際立つ。「あと二カ月ほどかしら……」

「いつまでたっても終わらないような気がするよ」ロバートがいら立ちもあらわに言った。「いいかげんうんざりなんだ、ぼくたちはただの友だちだと世間から見られていることが——」

「だってわたしたちは友だちだし、あなたはわたしのビジネスパートナーでもあるでしょう」タリーは軽い調子で答えた。ロバートがもっと親密な関係を望んでいるのはわかっているが、そんな彼の望みに応(こた)える気にはまだなれない。

サンダーとの子どもを亡くし、失敗に終わった結婚の残骸(ざんがい)に心を粉々に打ち砕かれてから、まだ一年しかたっていない。期待に応えられないとわかっている男性から迫られるのはごめんだ。ロバートと肩のこらないディナーを楽しんだり、ときにはフォーマルなイベントに同行したりするのは楽しいけれど、今のところは真剣に交際するつもりはない。ロバートの友情や仕事上の助言、支援などはありがたいが、彼ともっと親密になりたいとは思えないのだ。悲しいけれど、そんな感情はサンダーの手で完全に息の根を止められてしまった。

とはいえ、百八十センチを超える長身に黒髪と明るいブルーの瞳のロバートはとても魅力的な男性だし、ソフトウェア会社の経営も順調なビジネスマンだ。

九カ月前、ロバートはタリーの初仕事として、ロンドンのウォーターフロント地区ドックランズにある彼のアパートメントのインテリア改装を発注してくれた。その仕事が報道されて注目を浴びたことがきっかけになって、タリーが設立したインテリアデザイン事務所〈タルーラ・デザイン〉は流行に敏感な顧客を急速に獲得することができた。経営は順調だが、不景気の中、事務所の将来に投資してくれる銀行はなかなか見つからずにいた。新たに起業した人間にとって厳しい時代だったから、ビジネスに有利な土地にオフィスを構え従業員を雇うための資金提供をロバートが提案してくれたのは、非常にありがたかった。そしてこの六カ月間、ロバートは会社の共同出資者としてタリーを支援してくれている。

　その日の午後、思いがけない知らせがタリーを待っていた。タリー個人あてだと言ってアシスタントのベルがつないだ電話は、彼女の顧問弁護士からだった。「ミスター・ヴォラキスとお住まいになっていたフランスの家が近々売却されるとの連絡がありました。家に残っているもので引き取りたいものがあれば現地へ取りに行くように、と」

　タリーはその知らせに驚き、顔をしかめながら弁護士にお礼を言った。大好きだったあの家が売却される――考えまいとしてもそれは無理だった。

　あのやたらに広い家を自分らしさや個性で彩り、しばらくはあの家で幸せなときを過ごした。あそこがまもなく人手に渡ると思うと、後悔が波のように押し寄せてくる。うまく説明できないが、まさかサンダーがあの家を売るとは思っていなかった。でも、あの家で彼がほかの女性と暮らす姿など、なおさら想像したくない。タリーはそんな不快なイメージをあわてて打ち消した。サンダーとのことでは、もっと大切なものをたくさん失った。だけど、しょせんはれんがと漆喰の塊である家や満ち足りていたころの記憶をなくしたからといって、嘆くのはばからしいわ。

　そうはいっても、サンダーとの離婚は想像していた以上に大変そうだ。タリーはスケジュール帳を開き、この週末にフランスへ飛んで荷物を片付ける時間があるかどうか考えてみた。二人の離婚はいわゆる穏便な別れとは呼べないものだった。サンダーさえその気なら、タリーの持ち物をそのままイギリスへ送り返させることもできたはずだ。しかし彼は別居以来、タリーを助けるような行動はいっさいとらなかった。彼女に会おうとしないばかりか、話をすることすら拒み、まるでタリーなど自分の人生に存在しなかったかのように切り捨てた。

　わたしのほうから彼のもとを去ったから？　いい

かげんにしてよ、サンダー、とタリーは怒りに震えた。むしろ、お互いに不幸になるばかりの結婚生活に別れを告げる勇気を持てた自分を誇りに思っているくらいなのだ。統計的に見ても、子どもを亡くした両親が離婚せずに持ちこたえる確率は非常に低いらしい。

自宅アパートメントへ車を走らせながら、タリーは熱くこみ上げる涙をこらえ、身が裂かれそうなほどの悲惨な記憶を忘れようと努めた。怒りも自己憐憫(れんびん)も苦い痛みも、すべて最悪のときは過ぎた。けれども今でも、ふいに前触れもなくこみ上げる悲しみに息がつまりそうになり、そんなときはまた、もとの精神状態に戻るまで何時間もかかるのだ。

けれどもサンダーは、そんな苦しみとは無縁だった。悲しみで何も手につかなくなるなどということは、彼にはまったくなかった。タリーが絶望と悲しみに打ちひしがれていた数カ月、サンダーはヴォラキス海運を立て直し、無駄なぜい肉をそぎ落とした強力な組織に生まれ変わらせて、アジアの複数の工場と新たな運送契約の締結に成功していた。結婚生活が危機に陥っていたこの期間に、彼の資産は控えめに見積もっても四倍にまで増加した。だが、母とは違って経済的に自立すると心に決めていたタリーは、別居後はサンダーから一ペニーたりとも受け取ることを拒否した。

別居している夫の資産の恩恵などを受けるわけにはいかない。そもそもサンダーは、タリーの妊娠をねたに彼女の父親から脅迫されて結婚しただけだ。結婚生活の歯車が狂い始めると、そんな残酷な真実が再びタリーを苦しめた。しっかりした土台もないそんな夫婦関係の中で、二人のわだかまりを解消するのはまず不可能だろう。自分の気持ちに応えてくれない人にいつまでもしがみつく意味がどこにあるのかしら――そんな問いかけも、もはや意味がなかった。そう、サンダーはわたしを愛していない。つまるところ、二人の結婚が破綻した原因はそれだとタリーは考えていた。サンダーも自由を取り戻せてさぞほっとしているだろう、と。

「フランスの家を売ったお金は分配してもらえるの?」

その晩、週末にフランスへ荷物を取りに行くと電話で伝えると、母クリスタルが鋭く突っこんできた。もう一年以上、母とはほとんど顔を合わせていない。母は引退したイギリスのビジネスマンであるロジャーと婚約し、二人でモナコに住んでいるのだ。

「言ったでしょう、わたしはサンダーのお金なんかいらないって」

「だめよ、そんな目先のことばかり考えていては。わたしなんか、あなたのお父さまからのお金がなかったらとてもやっていけなかったわ!」母はきっぱり言った。タリーの父であるギリシア人実業家アナトール・カリダスは、自分の私生児であるタリーが大学を卒業するまで、母とタリーを経済的に支援してくれたのだ。

「わたしは一人でちゃんとやっているから」タリーが言い返した。

「冷静になって将来のことを考えなさい。トラックで乗りつけて家財をありったけ取ってくるのよ!」母がずけずけと言った。「サンダーにはお金が有り余っているんだから、家具ぐらいなくなってもなんともないわよ。まったく、あんなお金持ちの男を捨てるなんて!」

女性は自分の生活の安定のために裕福な男をがっちりつかまえておくべきだと、母は真剣に信じているらしい。経済的に自立しているタリーは、辛辣な言葉が口から出そうになるのをこらえた。それほど顔を合わせるわけではないが、やはり母に対しては愛情がある。とはいえ、実際にタリーを育て上げてくれたのはビンキー――ポーランド人の家政婦ミセス・ビンキーヴィクスだった。つらい日々の中で誰よりも恋しく思ったのもビンキーだった。南フランスの家でタリーとサンダーの世話をしてくれたのもビンキーだったが、二人の結婚生活が破綻するとビンキーはイギリスに戻り、今はデヴォン州のある家族のもとで働いている。

金曜日の午後、南フランスのペルピニャン空港に到着したタリーに、思いがけず母から電話があった。ロジャーとモナコで一年半暮らしていた母が、明日ロンドンに帰るというういきなりの知らせだった。

「ずいぶん急な話ね。ロジャーと何かあったの？」男性関係が長続きしない母の性癖を思い、タリーは恐る恐るたずねた。

「ロジャーとは別れることにしたの」防御するような母の口調を聞き、タリーは何も言わないことに決めた。「どこか行き先が決まるまで、しばらくあなたのところへ行ってもいいかしら？」

「もちろんよ！」タリーが叫んだ。「ママ、大丈夫？」

「何事も永遠には続かないものよ」母は淡々と答え、それきり電話は切れた。今は詳しく話したくない気分らしい。

小柄な体を紫色のプリントのサンドレスに包み、タリーはピレネー山脈のふもとへとレンタカーを走らせた。狭く曲がりくねった私道で急な丘を登りきったところにある古い農家風の家は眺望がすばらしい。樹木の生い茂る家はワイン用のぶどう畑と果樹園に囲まれ、プライバシーが保たれている。蔦のからまる錬鉄製の柱廊を巡らした石造りの家の外に車を停めたタリーは、ひどく緊張するのを感じた。顧問弁護士からサンダーの代理人に連絡してもらい、家には自由に出入りできることになっている。とはいえ、どの程度の自由かはわからなかったので、タリーはひとまず玄関ドアをノックし、返事がないのを確認してから、ずっと返さずにいた鍵を取り出して錠を開けた。

　テラコッタタイルを敷きつめた玄関ホールに入ると、ラベンダーと蜜蝋の懐かしい香りが鼻をくすぐった。驚いたことに、サイドテーブルには美しいフラワーアレンジメントが飾られていた。しかも花びら一つ落ちていない。きっと、ここを買おうと見に来る客にいい印象を与えるため、きちんと手入れされているのだろう。とはいえ、一年以上前に飛び出した家に戻ってきたはずなのに、まるでほんの一日留守にしただけのような雰囲気が漂っているのは、なんとなく気味が悪かった。

　開放的な客間にも花がたくさん飾られていて、コーヒーテーブルにはインテリアデザイン雑誌の最新号が並んでいる。開け放した窓から入ってくる爽やかな風が淡い色のカーテンを揺らしている。ペルピニャンでサンダーと二人で買った小さな彫像が目に入り、タリーの胸が震えた。あの日のことははっきり覚えている。まもなく訪れる悲劇も知らず、大きなおなかを抱えて幸せだったタリーは、あの日サンダーに無理やり休みを取らせて一日一緒に過ごしたのだった。話したり笑ったりしながらのんびりランチを楽しんだあと、ふらりと立ち寄ったギャラリーで、愛し合う男女を官能的に表現したこの彫像を見つけた。

　頬を赤らめたタリーははっとわれに返った。この家の雰囲気のせいで、すっかり過去の記憶にひたってしまったらしい。タリーはそんな記憶を振り払うように頭を振った。この彫像とそれにまつわる思い出を、本当にロンドンへ持って帰るつもり？　やめたほうがいいわ、そう自分に言い聞かせ、タリーは二階へ上がった。主寝室に入ったとたん、胸が激しく高鳴り出した。今も覚えている――スーツケース一つに入るものだけをつめ、残りの衣類は散らかしたままこの部屋をあとにした日のことを。だが今、着替え室のクローゼットをのぞいてみると、散らかしたはずの衣類はきちんとハンガーにかかり、きれいにたたまれて引き出しに収まっていた。

ぼんやりしたまま寝室を出たタリーは、廊下の奥にあるドアの前まで来て青ざめた。額に汗が吹き出す。深呼吸してからやっとの思いでドアノブに手をかけ、大きく開いた瞬間、タリーは驚きのあまり凍りついた。子どもへの愛と将来への希望をこめて作り上げた、あのかわいい子ども部屋が消えていた。新たに張り替えられた壁紙や大人仕様の寝室のしつらえを恐怖に満ちた目で見まわす。タリーの頭の中の記憶を除いて、子ども部屋の痕跡（こんせき）は完全になくなっている。驚きはしたが、赤ちゃん用品や色とりどりの壁紙、おもちゃなどが消えていたのはありがたかった。息子を死産で亡くした後の数カ月、タリーはこの子ども部屋をあてもなく歩きまわりながら、夢と消えた赤ちゃんとの生活を思い描きつづけていたのだから。

鈍く規則的なローター音が遠くから聞こえ、タリーは踊り場の窓に歩み寄った。雲一つない青空に、谷を越えて黒いヘリコプターが近づいてくる。この家で二人で暮らした数カ月間、サンダーは交通手段としてヘリを使っていた。操縦を誰かにまかせれば、移動中も仕事ができるのが便利だと言っていた。そのころにはタリーも、自分の結婚した相手が重度の仕事中毒（ワーカホリック）だと気づいていた。時は金なり、常に利益を追求せよ、がモットーのサンダーにとって、妊娠している妻や結婚生活のことなどはいちばん後まわしだった。だから今日だって、サンダーが来るはずなどないわ、とタリーは苦笑いし、窓から離れて物置のドアを開けた。ドレスの箱などがまだきちんとしまってある。

まずは衣類を箱につめ、それから家をひとまわりして、どうしてもなくては困るものがないか探してみよう。たとえば、サンダーの匂いのするシーツとか……そんな考えがとっさに頭に浮かび、ばかねとあわてて打ち消す。いったいどこからそんな考えが出てきたのだろう。まるでこの家に奇妙な魔法をかけられたように混乱しているだけよ、とタリーは自分に言い聞かせた。

荷造りのルールなど気にもしないで衣類をどんどん箱につめこんでいると、爆音がして、ヘリコプターがすぐ近くに着陸したのがわかった。タリーは好奇心に駆られ、また窓から外をのぞいた。ヘリはもう果樹園のはずれのヘリポートに着陸しており、生い茂る低木の合間から鮮やかな赤のVの文字が見えた。ヴォラキスのVだ。タリーの胸が高鳴り始めた。まさか、うそよ、サンダーがやってくるはずがないわ！

タリーが無意識のうちに窓から離れて後ずさる一方で、ビジネススーツに身を包んだ黒髪の長身の男性が家に向かって歩いてきた。タリーはショックで心臓が止まりそうになった。堂々とした姿勢、大きな歩幅、男のパワーを見事に制御したその姿は間違いなくサンダーだ。驚きうろたえたタリーは一瞬、物置に隠れてドアを閉めようかと真剣に考えた。そんなばかな考えはすぐに打ち消したものの、まだ踊り場で動けずにいると、玄関ドアの開く音が聞こえてきた。

「タリー……どこにいる？　ぼくだよ」悲しいほどに懐かしい、少しなまりのある声が響き、まるで愛撫するようにタリーの背筋を駆け抜けた。

タリーは手すりを握る手に力をこめ、階段の上まで移動してのろのろと下りながら、ぴんと背筋を伸ばした姿勢であいまいな笑みを浮かべた。「荷造りをしていたの。あなたはここでいったい何を？」

「ここはまだぼくの家だからね」低い声でそう答えると、サンダーは傲慢なほど背をそらし、別居中の妻をじっと見つめた。最後に会ってからずいぶん月日がたったような気がするが、彼女の変化にはすぐ気づいた。気に入らない。くるくるの巻き毛は影をひそめ、まっすぐに伸ばした髪を昔風に束ねているせいで年よりも老けて見える。着ているサマードレスも、あの厳しいぼくの母のおめがねにさえかないそうなほど上品でフォーマルだ。とはいえ、メイクは相変わらず薄く、大きな緑の瞳とふっくらしたピンク色の唇、鼻のあたりに散ったそばかすの魅力を引き立てている。サンダーの胸はふいに締めつけられた。結局ぼくは、あのくしゃくしゃに乱れた巻き毛や若い娘らしいでたらめなファッションセンスが好きだったということか。いや、ただ人が変わっていくのが好きではないだけだ。思いがけず動揺する心に戸惑いながら、サンダーはそう自分に言い聞かせた。

「仕組んだのね！ ちょうどわたしがここにいるときにあなたも来るなんて、偶然だとは思えないわ」タリーは責めるように言いながら、思わず目の前のサンダーに見とれているのを気づかれまいとした。セクシーな瞳を黒く濃いまつげが引き立て、相変わらずとびきりハンサムだ。ひげをきれいに剃り、仕立てのいい濃紺のデザイナーズスーツに身を包んだ一分のすきもない姿に魅了され、目が離せない。パニックで神経がぴくつき、むき出しの腕に鳥肌が立ってくる。

手ひどい苦痛と幻滅を与えたサンダーが憎い。かつては彼を愛していた——愛しすぎて心の安らぐときがないほどに。けれども、結婚して数週間後、サンダーが彼女の妊娠をねたに脅されるような形で結婚を決めたことを知り、タリーは再びサンダーを自由にしようと家を出た。ところがサンダーが空港まで追いかけてきて、その熱意に負け、タリーはもう一度夫婦としてやり直そうと決めたのだ。あのとき、情にほだされてしまった自分の弱さが情けない。それから数カ月はサンダーも努力し、タリーに幸せを感じさせてくれた。けれども、ばら色の結婚生活が続くことを夢見て、母となる日を待ちわびていたある日、タリーはすべてを失った。サンダーはそばについていてもくれず、タリーは暖かな日だまりから真冬の寒さへと突き落とされたのだった。

「ぼくは偶然など信じたことがないよ」サンダーが挑発するように答え、タリーははっとわれに返った。「きみが来ていることは、当然知っていた。一緒に荷物の仕分けをすればいいじゃないか」

その言葉にからかうような響きを感じ、タリーは身を硬くして歯を食いしばった。「それはあまり賛成できないわ」

「ロバートに申し訳ないからか？」サンダーが皮肉っぽく返した。男らしい顔の中で金貨のように瞳が輝いている。

「なんの話かしら」タリーはぴしゃりと言い返したが、その場にくすぶる火花やサンダーの怒りっぽい気性はいやというほど伝わってきた。

サンダーもずいぶん変わったのね。最近ビジネスでめざましい成功を収めたせいか、陰のある部分が増え、たくましく引きしまった風貌に以前よりタフで冷たい表情が宿って、男っぽさをいっそう引き立てている。さらに、威圧的なまでの冷酷非情な雰囲気も身につけたようだ。そのうえ、結婚生活の失敗をいまだに根に持っていて、さらりと水に流す気はまったくなさそうだ。以前タリーがサンダーを責めたのと同じ理由で、今度はサンダーがタリーを責めている。そんな今の状況が奇妙に思えてくる。思い返せば、当時のわたしはひどく視野が狭く、自分がサンダーの残酷な無神経さの犠牲者だと思いこんでいた。自分は完璧な妻だという幻想に酔っていたのかしら。

「ロバートはいやがるだろうな、きみがこの家でぼくと二人きりだと知ったら」ことさらにけだるげな声でサンダーが言う。

　ロバートは関係ないわ、タリーはそう言いかけて口をつぐんだ。そんなことを言えば、二人がただの友人関係だと知られてしまう。そういう安心材料を簡単にサンダーに渡すことはないだろう。サンダーと別れて以来、実に一年半もの間わたしが誰ともベッドをともにしていないと聞けば、彼はさらに大喜びするに違いない。情熱的なサンダーの気性からして、わたしがあれこれ悩んでいる間にさっさと次の相手を見つけているはずだ。サンダーがほかの女性といると考えただけで耐えがたく、苦い思いが喉を締めつけるようにこみ上げてくる。

「ロバートはわたしにあれこれ指図したりする人じゃないわ」タリーはぐいと顎を上げ、よけいなお世話よと言わんばかりに冷たい目で答えた。

　サンダーは背筋がぞくぞくするようなかすれた笑い声をあげた。「驚いたな。ぼくのときには喜んでいたくせに……」

　その一撃に、表面上は平静を保っていた心の殻が粉々に撃ち抜かれ、タリーはぐっとこぶしを握りしめた。悔しさに顔が赤く熱くなってくる。サンダーの言いたいことはわかっている。二人のつき合いが始まってから数カ月のあいだ、サンダーは、ベッドで何をどうするか、どうすれば彼が喜ぶかをタリーに教えこんだ。そんな個人授業に文句を言うどころか、タリーも嬉々としてそれに応えたのだった。

「もうたくさん！　帰るわ」タリーは怒りの声をあげ、サンダーの脇をすり抜けて、さっきサイドテーブルに置いた車のキーに手を伸ばした。「わたしの荷物は捨ててくれていいわ。何もいらないから！」

だが、サンダーの長い指が一瞬早くキーをつかんだ。「そんな興奮状態で車の運転はよくないな――」

「キーを返してよ！」タリーはかっとなってサンダーにつかみかかった。

「ぼくと別れてからどれくらいしてロバートをベッドに迎え入れたんだ？」サンダーはそうたずねながら、怒りに震えるタリーの姿をじっくり眺めた。うなじできれいにまとめていた髪が幾筋か乱れ、緑の瞳には火花が散っている。そう、これこそ記憶の中のタリーそのままだ。これほどの情熱を持つ女性はほかにいない。だが、自分以外の男と恋仲になったという確信がナイフのように彼の胸をえぐり、サンダーはとても黙ってはいられなかった。

「そんなこと、あなたに話すいわれはないわ！」タリーは怒鳴り返し、キーを取り戻そうとした。

だがタリーよりずっと背の高いサンダーは、彼女の手の届かないところにキーを差し上げたままだった。「ぼくは今でもまだきみの夫だ。知りたいのは当然だろう。きみはぼくたちが別居する数カ月前から、ぼくをベッドから締め出していたじゃないか」彼が顎をぐっと引きしめて厳しく指摘する。

「わたしたち、もうすぐ離婚するのよ。もうこんな話、したくないわ。早くキーを返して！」タリーはいらいらと言い返した。

「だめだ。そんなに興奮しているきみにハンドルを握らせるわけにはいかない」

「まあ、突然やさしくなったのね！」サンダーの態度にタリーの怒りは収まらなかった。「あの子を亡くしたとき、そのやさしいあなたはいったいどこにいたのかしら？」

サンダーはまるでひっぱたかれたように凍りついた。目が一瞬怒りに燃え、頬骨が硬くこわばる。彼は目を伏せて言った。「その話は今はしたくない」

「ええ、そうでしょうね」タリーは吐き捨てるように言い返した。「一日十八時間も働いて、わが子のお葬式の翌日から仕事に戻るような人だもの。あなたの頭の中にあるのはお金を儲けることだけ……世間の人から見たらもう十分大金持ちなのに、どこまでいっても満足することがないんだわ！」

黒く濃いまつげが上がり、黒みがかった金色の瞳が鋭いナイフのようにタリーの瞳を刺し貫いた。

「よくそんなことが言えるな。身ごもっていたのは自分だから、苦しみや悲しみを感じられるのも自分だけだと、そう言いたいのか？」

思いもかけず激しい反撃を受け、タリーは口ごもった。「え、それは……」

「悲しみに対処する方法は人それぞれ違う。ぼくはこんなに傷ついているんだと表すために、自暴自棄になったり、ほかの女性をかたっぱしからくどけばよかったとでもいうのか？」サンダーは軽蔑もあらわに言った。「だが、ぼくはそういう男じゃない。セラピーに通ったり、悲しみにひたったりもしない。あいにく、うちの家族はそんなことでめそめそ泣き言を言ったりしない家系でね。ぼくはとにかく毎日息もつかずに働いた。そうすることでなんとか持ちこたえていたんだ。息子を亡くしたあの日、ぼくは妻をも失ったんだからな！」

まるでふいに解き放たれた竜巻のようなサンダーの激しい反応に狼狽し、タリーは二、三歩後ずさった。彼を攻撃したのはまずかった。わたし自身、心の傷はまだ完全に癒えていないのに、それをわざわざほじくり返すなんて本当に愚かだった。サンダーの声が苦しげにかすれ、その目に厳しい非難の色がにじむのに気づいたタリーはその場に立ちすくみ、これまで気づきもしなかったサンダーの心の奥深くにひそむ感情を思い知った。あまりにも無神経だった自分の言葉に良心がうずく。子どもを死産で亡くしたあのとき、わたしはなぜもっとサンダーの気持ちを思いやってあげられなかったのだろう。

「どういう意味？　妻をも失ったって……」タリーは震える声でたずねた。聞くのはこわいが、このまま黙って聞き流すわけにもいかない。

「きみは一人で悲しみを背負っているような顔で、まるで亡霊だった。ぼくと口もきかなければ出かけもせず、毎日泣いているばかりだった。うつ状態だったんだ。でも、医者かカウンセラーの診察を受けさせようと説得すると、きみは気が違ったかのように怒り出し、あなたにはわたしの苦しみなんかわかりっこないとぼくを責め立てた」

「あのときはそう思ったの……頭がすっかり混乱してしまって」タリーはかつての自分の態度を懸命に弁解した。緊張のあまり胸が激しくとどろき、息もできないほどだ。

けれども、サンダーの話はまだ終わっていなかった。何もかもがまたたく間に崩れてしまったかつての家でタリーと再会したことで、思いがけない形で過去がありありとよみがえってきた。サンダー自身の反応も予想外のものだった。自分で自分が完全にコントロールできないなんて、めったにないことだ。不公平だという思いが心の奥深くにくすぶり、こみ上げる辛辣な言葉をこらえようとしても制御がきかない。「また子どもを作ろうとぼくが提案したら、きみはそんなことは許されないとばかりに激しく怒り、もう子どもなんかいらないとわめいたじゃないか！」サンダーは怒りにまかせて吐き捨てるように言った。「そのうえ、もう一度きみをベッドに誘おうとしたら、まるでぼくがレイプでもしたみたいに騒いだ」

サンダーを感情にまかせて攻撃したせいでとんでもないことになってしまったと、タリーは心底後悔した。真っ青になってがたがた震え、サンダーのむき出しの怒りに動揺する。ついさっきまでは車のキーの奪い合いだったのに、こんなことになるなんて……。

「ごめんなさい」息子を亡くしたあと、自分の悲しみにのみ支配され、サンダーも苦しんでいるという事実に目をつぶっていたことに愕然(がくぜん)とし、タリーは震える声で言った。

サンダーはかわいた笑い声をあげ、ぴしゃりと言い返した。「謝ればすむと思っているのか？　冗談じゃない！　赤ん坊が死んでもきみへの欲望は変わらなかった。いや、ますます強くなったのに……」

相手への失望はお互いさまだったのだと気づいた瞬間、タリーは恥ずかしさでいっぱいになった。子どもの死産という悲劇のあと、悲嘆と誤解の渦にのまれて、二人とも夫婦関係を維持することができなくなってしまったのだ。

サンダーは車のキーをサイドテーブルに戻し、タリーに向き直った。その瞳は陽光の中で闇(やみ)のように暗く、読み取れない感情にきらきらと光っている。

「今でもまだ抑えられないんだ、きみを欲しいと思うこの気持ちを」熱く焼けつくようなかすれ声がタリーの肌に突き刺さる。「この思いから逃れる方法があったら教えてくれよ。タリー、きみのせいでぼくはもうおかしくなりそうなんだ！」

「サンダー……」もうすぐ離婚するはずの夫から変わらぬ欲望を告げられ、タリーは驚いて彼を見つめた。さっきから激しく心を揺さぶられつづけ、もう自分でも何を考え、感じているかさえわからない。

「きみが欲しくてたまらないんだ、ぼくの妻(イネカ・ムー)よ」サンダーが低い声で言った。

その言葉を聞いたとたん、タリーの体は興奮に震えた。こんな感覚は思い出せないほど久しぶりだ。自分のそういう部分はもう消えてしまったと思っていたのに、長い間眠っていた感覚がふいによみがえったのは、チョコレートのように濃く豊かなサンダーの声のせいだろうか。それとも、罪深いほどに官能的な金色の瞳のせいかしら。わからないままに、タリーは下腹部がぎゅっと締めつけられ、胸の頂が硬くなり、喉がからからになるのを感じた。

闇の中で車のヘッドライトにとらえられたうさぎのように、タリーはその場に凍りついたままサンダーを見返した。丸裸にされて大通りへ連れ出されたような心細さを感じる。イネカ・ムー――サンダーはわたしをそう呼んだ。そう、わたしはまだこの人の妻なんだわ。

「教えてくれ、ぼくはどうすればいい？」サンダーは彼らしいしなやかな身のこなしでタリーに近づいてきた。

「わからないわ、そんなこと」迫りくる危険をふいに悟り、タリーは身を硬くした。サンダーは人の心を巧みに操れる人だ。仕事上の競合他社を二歩も三歩も出し抜く巧妙さに感心したことがある。これほど頭がよく抜け目ない人が今、わたしの痛いところをつき、感じたくもない気持ちを突き動かしてくる。サンダーが近づくごとにタリーは後ずさり、ついにドアまで追いつめられた。

「もう限界だよ、イネカ・ムー」サンダーは顔を近づけ、じゃれつく山猫のようにタリーの頬に顎を何度もすりつけた。懐かしいサンダルウッドとジャスミンのアフターシェーブローションの香りが鼻をくすぐり、少しざらついた感触が神経を目覚めさせる。

ふいにタリーは崖っぷちに立たされ、今にも転げ落ちそうな感覚に襲われた。ここに立っているのも落ちるのもいやだわ。そう思う間もなく、サンダーが力強い両手で細い肩をつかみ、唇を重ねてきた。

2

まるで一瞬にして死に、また生まれ変わったようなキスだった。さっきまで疑念と敵意に満ちていたはずが、次の瞬間には体が反応を示し、感情がいっきに高まって、タリーはもう夢中だった。

ショックで肌は冷たくじっとりしているのに、重なった唇は炎と燃えている。サンダーに唇を割られ、感じやすい口の中に舌が忍び入ってくると、全身の神経がうずいた。生まれたままの情熱におびえ、抵抗のうめき声をあげながらも、むき出しの反応が心のバリアを粉々に砕いてしまう。目まいがし、脚が激しく震え、タリーは思わずサンダーのジャケットにしがみついた。二人の息が溶け合った、まるで媚薬のようなその甘さに、タリーはサンダーの黒髪に指をからませて、温かく官能的な唇の感触を心ゆくまで味わった。

サンダーの厚い胸板に胸のふくらみがぶつかる。もっと彼と密着したいという思いを抑えるのは難しく、タリーは体を強く押しつけた。サンダーの大きな手がヒップを包みこみ、さらに秘めやかな触れ合いを求めてくる。服の上からもわかる彼の高ぶりにタリーの胸は躍った。片手を二人の体の間にすべりこませ、慣れた指使いでその高ぶりをなぞる。サンダーがしわがれ声でうめき、タリーの手にいっそう体を押しつけながら、自分も両手を伸ばしてタリーのサンドレスの裾をまくり上げた。自信に満ちた長い指でむき出しの太腿をなぞられ、タリーはせつなげに身を震わせた。

体の芯の熱さに耐えきれず、思わず開いてしまいそうになる太腿を懸命にぎゅっと合わせる。執拗に探る指先が最も敏感な部分を探り当て、タリーは身震いした。もう一年以上もそんな行為をしていなかったせいか、少し触れられただけでひどく感じてしまう。小さな芽を愛撫（あいぶ）されて大きなうめき声をあげると、スタートゲートにつく競走馬のように彼の腕の中でぶるりと身が震えた。息をはずませ、何も考えられず、ただ欲望だけに身をまかせる。薄手のショーツの生地が引っ張られたと思うと、サンダーがいら立たしげに引き裂き、十分にうるおった脚の間へ手を伸ばしてきた。

　興奮して張りつめた体の芯を指で探られ、タリーは苦しげな悲鳴をあげた。サンダーは膝をつき、唇と舌を使って感じやすい部分を愛撫し始めた。その甘い拷問にタリーの両脚はがくがく震えた。巧みなテクニックにくずおれそうになる体をサンダーの両腕がしっかりと支える。ぎりぎりまで追いつめられ絶頂に上りつめかけた瞬間、サンダーがいきなり立ち上がってタリーの体を抱き上げた。何か陶器のようなものが落ちて割れる音が響き、サンダーはとっさに彼女の体を冷たいテーブルにのせたが、それでもタリーの体内でとめどなく燃えさかる炎が弱まることはなかった。

　サンダーはもどかしげにタリーの体をテーブルの端に押しつけて脚を開き、硬くなった彼自身でいっきに満たした。サンダーが激しく腰を動かすうちに、われを忘れるほどの快感が甘美な満ち潮のように押し寄せ、ひと突きごとにタリーは官能の波に襲われた。サンダーは彼女のヒップをしっかりとつかんだまま、リズミカルに、さらに深く、繰り返しタリーを貫く。抑えきれない快感に意識さえぼんやりしてきたタリーは、やがて絶頂に達して悲鳴をあげ、体を引き裂かれるほどの激しい快感に身を震わせて張りつめた高みから徐々に戻り、余韻の残る体をぐったりと横たえた。

「きみは今でもぼくにとって誰よりセクシーな女性だよ」サンダーは荒い息でささやき、タリーの鼻筋に感謝のキスを降らせた。そしてたくましい腕で彼女をテーブルから抱き上げ、そのまま二階へ運んでいった。さっき床に落としてしまったサイドテーブルに飾ってあった花瓶の破片が、飛び散っているのがタリーの目に入った。

たった今二人の間に起きたことがショックで、まともにものを考えられなかったが、それでもタリーは懸命に自分を取り戻そうとした。

「何をしているの?」

それだけ言うのがやっとだった。

サンダーは何も答えず、金色に輝く瞳でタリーの上気した顔を見つめ、かつての夫婦のベッドに彼女を下ろした。今はあまり難しい話をするつもりはない。一年以上前、タリーと話し合おうとするたびに決裂したころの苦い思い出があまりにもたくさんありすぎる。サンダーは黙ったままベッドのシーツをはぎ取り、シルクの掛け布団も床に落ちるにまかせて、タリーをマットレスに直接横たえ、まったく衰えない欲望のままに再びキスをし始めた。

サンダーは以前からキスが巧みだった。うっとりするような唇の動きに、タリーの快感が再び揺すぶられる。こんなキスができるのはサンダーだけだわ。満たされてぐったりしていた体が再び反応を示し始め、タリーは積極的にそのキスに応(こた)えた。キスの合い間合い間にサンダーは服を脱いでいった。いっこうに衰える気配のない彼の欲望の激しさをまのあたりにすると、ひょっとしたらこの人はわたしとの思い出だけに生きてきて、ずっと禁欲してきたからこそ、これほど激しく求めてくるのではないかとさえ思えてくる。

とはいえ、彼に触れたくてたまらない。タリーは両手のひらを広くしなやかな肩からたくましい胸板へ、そしてもっと下へと這わせていった。

「じらさないでくれよ」サンダーが低い声でうめく。タリーの指に反応して引きしまった腹部が硬くなり、全身が期待に震える。そんな彼の反応に、タリーの欲望もどうしようもなく高まっていく。

「じらしたりなんか……」熱く燃える金色の瞳と目が合い、タリーの胸がどきりと打った。彼女の手に高ぶったものを押しつける彼の体の動きに、もう目の前のこと以外何も考えられなくなる。

　二人がここで再会したことについてはあとでじっくり検証する必要があると思いつつ、それだけの勇気がない自分にタリーは気づいた。彼のもとを去って以来、あれだけ多くの葛藤や反応に直面してきたわたしが、今日の午後彼と再会したとたん自分を抑えられなくなるなんて思ってもみなかった。だが、そんな自分の行動は脇に置いておくとしても、自由を手に入れたはずのサンダーが、再会すると早々に彼女を求めてきたという事実は驚きであり、自尊心を大いにくすぐられるものだった。別居以来彼にはほかの女性がいなかったのかも、と考えるとうれしくなってくる。それだけで、今日起こった出来事のすべてが許せるような気がする。

「きみはなんて魅力的なんだ、いとしい人」

　サンダーはそうささやき、胸のふくらみを手で包みこんで、ピンク色に張りつめた頂を指先にとらえた。それに応えてタリーの体の芯が熱くなり、彼女は身を震わせた。

「どれだけ愛しても、愛し足りない」

　サンダーも、さっきより強い欲望に突き動かされ、下半身が耐えがたいほど激しく脈打っていた。赤く腫れたタリーの唇に唇を重ねると、再び目覚めたタリーの体も痛いほどの興奮に襲われた。合わせた唇の間で彼女の名前を呼びながら、サンダーはタリーの体を引き寄せてうつ伏せにさせ、肩越しに快感のうめき声をあげながら、再び彼女の体内に身を沈めた。

最初の交わりは激しかったが、二度めはずっと抑制のきいた落ち着いたものだった。サンダーが彼女のなめらかな奥まで繰り返し貫くと、タリーの快感は思ってもみなかったほどの高みへと舞い上がった。タリーは枕に顔を押しつけ、柔らかい生地を噛んで、歓びの声を懸命に押し殺した。

すべてが終わると、もう身動きすらできず、タリーはぐったりと重い体をサンダーの腕に預けた。一年半ぶりで満たされた幸せを感じ、タリーはそのままうっとりと眠りに落ちた。これからいろいろと混乱が始まるだろうが、それすら驚くほど素直に受け入れられるような気がした。

明け方、タリーははっと目覚め、混乱した頭で身を起こした。カーテンは開いたままで、朝日が家具を桃色と金色に染めている。その瞬間タリーが気づいたのは、自分が一人だということだった。ベッドの隣の枕はへこんでいるが、人の姿はない。シーツを触ってみると冷たい。勢いよくベッドから飛び出したタリーは思わず顔をしかめた。急に動かした筋肉が痛み、脚の間のうずきに昨夜のことがまざまざとよみがえってくる。あわててシーツを拾い上げ、一糸まとわぬ体に巻きつける。

窓から外をのぞくと、思ったとおりヘリコプターは消えていた。そういえば、夜中にヘリが飛び立つ音をおぼろげに聞いたような気がする。サンダーはわたしを抱いて去っていった。ショックのあまり、自分が人類史上最悪の女に思えてきた。悪い夢を見たように打ちのめされ、あてもなくふらふらと階下へ下りたタリーは、キッチンから聞こえる物音に驚いて足を止め、あわてて二階へ戻りかけた。清掃係？　家政婦かしら？　飾ってあった花や家の清潔さからして、使用人か誰かが整えていることは間違いないだろうけれど。

そのとき、部屋の入口から黒髪の頭がのぞいた。シルクのボクサーパンツ一枚で魅力的な肉体をさらしたサンダーが、何か問いたげにタリーを見上げている。

「物音が聞こえたような気がして。てっきり……」それ以上白状するとプライドにかかわると、タリーは残りの言葉をのみこんだ。「あなたはどこかと思って」

「朝食の用意をしていたんだ」まるでいつもやっているかのように平然とサンダーが言った。

ひげは伸びたままで、シャワーで髪も濡れたままのサンダーは、徘徊する虎のようにつややかで美しい。だけど、四つ足の猛獣はあんな腹筋や長くたくましい太腿を持ってはいない。胸が高鳴り、下腹部がざわめく。タリーは思わず彼に近づいた。「朝食？」

「トーストとコーヒーだけだが」もっと本格的なものを期待されては困るとばかりにサンダーが言い添えた。これまでのことを思えば、そんなものを彼が作れるとはとても思えない。

広々としたダイニングキッチンに入るとすぐ、タリーはトーストの焦げた匂いに気づいた。窓が全開になっているのは煙を追い出すためだろうか。「このトースターはだめだな」サンダーがうんざりした声で言った。

彼のいれるコーヒーもひどく濃く甘ったるく、飲むと胃がひっくり返りそうになったっけ――タリーは思い出して悲しくなってきた。料理もからきしだめだったわ。サンダーは自分では料理ができると思いこんでいて、失敗をいつも道具や材料のせいにしていた。やれオーブンのタイマーが欠陥品だ、温度計が狂っている、肉が固かった、などなど。料理なんて誰にだってできると確信しているサンダーは、きちんと手順を踏むことをめんどうがり、結局悲惨な結果となるのだった。今朝もなぜこうなったか、目に見えるようだ。欠陥品のトースターの前に立ち、時間どおりにパンが飛び出してくるのを待ちきれずに引っ張り出したのだろう。そして、部分的にしか焼けていないパンをまたトースターに押し込み、結局焦がしてしまったのだ。けれども、下手をすると家が火事になってしまいそうな危なっかしさだとはいえ、自分のために朝食を用意してベッドに運ぼうというサンダーの気持ちがうれしくて、タリーの胸は熱くなった。

「おなかはあまりすいていないの」トースターからまたしても煙が上がっているのに気づき、タリーはあわててそう言うと、火災報知器が作動しないうちにスイッチを切った。

サンダーはタリーの体をぐいと抱き寄せてうめくように言った。「ぼくはきみを食べてしまいたいよ。昨夜はすばらしかった」

たちまち、二人で過ごしたあまりに刺激的な夜の記憶がよみがえり、タリーはうろたえた。サンダーの欲望はとどまるところを知らず、そんな彼の行為にタリーも激しく応えた。別居して独り身となった今、思いのまま自由を謳歌(おうか)できたはずだと思うと、サンダーがこれほどまでに彼女の肉体を欲してくれることが本当にうれしかった。でも、いくら満足のいくセックスをしたからといって、それが二人の和解につながるほどの力があるのかしら。離婚申し立てを取り下げる気持ちにまでなれるのだろうか。サンダーは予測不可能な人だし、普通の考え方の持ち主でもないから、いろいろと想像を巡らしてみても仕方ないけれど。

ふとある考えがタリーの頭をかすめた。彼女はサンダーの腕から抜け出して冷蔵庫を開け、新鮮な食材がつまった内部を疑惑に満ちた目で見つめた。そのままあれこれ考えながら、二つのグラスにオレンジジュースを注いで一つをサンダーに手渡す。「この家を誰かに貸していたの？」

「いいや、まさか」サンダーが横柄に答えた。「他人など入れる気はないさ。ここはぼくたちの家だったんだから」

だとしたら、この食材でぎっしりの冷蔵庫に対する説明はただ一つしかない。ほとんど眠る時間もなかった昨夜のもやもやをいっきに吹き飛ばす目覚まし時計のように、その事実がタリーの意識を叩き起こした。オレンジジュースを飲みながら、急に頭脳が働き始めるのを感じる。額にしわを寄せ、緑の瞳を疑わしげに見開いて、タリーはサンダーに向き直り、浅黒く端整な顔をじっと見つめた。「何もかもあなたの計略だったのね？」

サンダーが黒い眉をひそめる。「なんの話だ？」

だが、タリーははっきりと悟った。サンダーは明確な目的を持ってフランスまでやってきた。わたしは危うくまんまとはめられるところだったんだわ。

「ここでわたしと再会することも、一夜を過ごすことさえ計略のうちだったのね。そのために下準備までしていた。だからあちこちに花が飾ってあって、冷蔵庫には食材がいっぱいつまっているんだわ」

「腹がへったままのほうがよかったか？　かび臭いベッドに寝るほうがよかったとでも？」いったい何を怒っているのかと、サンダーが困惑顔で返した。

「ずっと空き家だった家なんて、とても泊まれたもんじゃない。もちろん準備したに決まっているさ」

「なんてずるい人なの。こんなやり方ひどいわ。罠にかけるなんて！」怒りに震えてタリーは叫んだ。

サンダーは慎重にタリーの様子をうかがい、深いため息をつくと、まったく悪気などないと言いたげに両手を広げた。「きみはぼくの妻だし、ぼくはきみに戻ってほしいと思っている。これは罠でも犯罪でもないよ……」

〝きみに戻ってほしい〟その言葉に身を震わせ、本当に信じていいのか戸惑いながら、タリーは体に巻いたシーツを引きずってサンダーの脇をすり抜けた。

「シャワーを浴びてくるわ」

サンダーがささやいた。「タリー？」

タリーは振り向き、鋭く言い放った。「もう何も言わないで。今までの言葉だけであなたはすでに絞首刑ものよ！」

3

だが、タリーが怒り狂って部屋を出ていった数分後、サンダーは大胆にもタリーのいるシャワー室に入ってきた。挑戦しがいのある状況ではいつもそうだが、堂々としたものだ。

抗う間もなくサンダーはタリーの泡でぬるぬるした体を抱きすくめ、怒りの声をあげかけた唇を唇でふさいだ。そのまま、言おうと思っていた言葉は頭から吹き飛んだ。考えてみれば、結婚生活の中でサンダーと長い時間をともに過ごしたが、ほとんど会話らしい会話はしなかった気がする。サンダーはもともと無口で、行動で示す男なのだと、タリーはめまいを感じながら改めて思い知った。やがて激しい欲望とともに熱く貪欲な思いがいっきにこみ上げ、そんな考えさえもどこかへ吹き飛んでしまった。

シャワー室での燃えるような行為のあと、サンダーにしっかりと支えられながら、タリーは力の入らない脚をやっと伸ばして立てるようになった。サンダーは荒い息を吐きながら、しずくの垂れるタリーのストレートの髪をつまんでいぶかしげにたずねた。

「濡れてるのになぜ巻き毛に戻らないんだ?」

　不思議そうなサンダーの表情に、タリーは思わずくすりと笑って明るく答えた。「美容院でストレートパーマをかけたのよ。二、三カ月間はずっとこのままだわ。このほうがずっと扱いやすいの」

　サンダーはつまんだ髪を離し、理解できないと言いたげに顔をしかめてタリーを見下ろした。「もとに戻すんだ。自然のままのきみの髪が好きだったのに……」

　タリーは驚いた。昔からわたしの悩みの種だった、あのくるくるの巻き毛が好きだった、ですって? そんなこと、これまで一度も言ってくれたことなどなかったのに。シャワーの湯がぬるく感じられた。

　サンダーは蛇口を閉め、シャワー室のドアを開けた。外に出たところを大きくふわふわのバスタオルで包み込まれ、タリーはふと思い出した。妊娠後期、タリーの体が重く動きにくくなったころ、サンダーはこんなふうにさりげなく手を貸し世話をしてくれた。ごく自然にあれこれ気づかってくれるサンダーの態度に、この調子だと三人で楽しい家庭が築けるかもしれない、と希望に胸をふくらませたものだった。

　そんなタリーの希望を、残酷な悲劇が打ち砕いた。胎盤機能不全が原因で息子を死産で失うと同時に、本物の家族になるという夢ははかなく消え、まもなく結婚生活も破綻を迎えた。

　濃いまつげに縁取られた黒っぽい金色の瞳でタリーの苦しげな顔を見つめ、サンダーは有無を言わさぬ力で彼女の体を引き戻した。「この一年半の間のことを忘れたいんだ」

タリーの唇から引きつった笑いがもれた。「そんなに簡単にはいかないわ」

サンダーのがっしりした顎がこわばった。「簡単さ、ぼくたちさえその気になれば。それを決められるのはぼくたち二人だけなんだ」

サンダーはわたしを取り戻したいと思っている。確かに、この家へわたしを呼びつけ、不意打ちで自分も合流するというのは計略だったかもしれない。でも、決して悪気があったわけではないようだ。美人でもなければ裕福でもなく、特別な才能があるわけでもないこんなわたしを、世界中を飛びまわって活躍するサンダーが妻として取り戻したいと今も願ってくれている。そう考えるとタリーは面映い気持ちになった。だからこそ、彼はもう一度わたしを抱いたんだわ。

抑えきれない好奇心に突き動かされ、タリーは口を開いてたずねた。どんな答えが返ってくるか心の準備もないまま、そんな質問をしていいものかどうか、じっくり考える余裕もないまま、思わず口をついて出てしまった言葉だった。「別居してから今まで、あなたがほかの誰ともつき合っていなかったのなら、戻ることを考えてみてもいいわ」

凍りつくような沈黙が流れ、タリーの言葉は今にも落ちて粉々に砕けそうなガラス板のように宙に浮いた。顔を上げてサンダーを見た瞬間、タリーは自分の甘い期待がどうやら事実とほど遠いらしいと悟った。タリーの言葉に顔色を失い、頬骨にぐっと力が入り、官能的な唇が困惑に引き結ばれるのが目に見えてわかる。

サンダーは信じられない思いで身を硬くしていた。まさかタリーにこんな条件を突きつけられるとは思ってもみなかった。今さらそんなものになんの価値があるというのか。だが、一見おおらかで計算など何もなさそうなタリーの言動は、ときとして誤解を招く。彼女自身が思っている以上に、その奥に深い意味が隠されていることがよくあるからだ。そして今、いまいましいことに、タリーはサンダーの目の前に強力な地雷を仕掛けてきた。

いったいなんの権利があってぼくにそんな答えを求めてくるのだろう？　状況からいって、とてもありえない言葉だ。今から一年半以上前にタリーはぼくをベッドから追い出し、夫であるこのぼくに冷たく背を向けた。二人の間の問題には何か解決策があるはずだと認めることさえ拒み、勝手に結婚生活から離れていったのだ。自分はもう二度と戻らない、離婚してほしい、タリーははっきりとそう意思表示した。それに加えて、彼女はぼくからすべての決定権を奪った。二人の別居期間は、まるで不愉快な記憶をいっぱいに吸いこんでぼやけたブラックホールのようで、その間ぼくがどのように過ごしたかをタリーに教えるなど、プライドにかけてもできない。

「残念だが、きみが聞きたいような返事はできないよ」サンダーはばつが悪そうな顔でぼそりと答えた。

今度はタリーが青ざめる番だった。緊張で胃がぎゅっと締めつけられ、吐き気がこみ上げてくる。最も恐れていた事実を本人の口から告げられ、取り乱して泣き出してしまいそうだった。恥ずかしくてたまらない。いったい何を勘違いしていたのだろう。別居中のサンダーがほかの女性に慰めを求めなかったと思いこむなんて、お人よしもいいところだわ。彼に限ってそんなことありえないのに、考えが甘すぎた。昔からずっと、サンダーは女性なしでは生きてはいけない人なのに。

「もうそれ以上聞きたくないわ」タリーは硬い口調で言うと、震える体を守るようにタオルを巻きつけ、くるりとサンダーに背を向けた。ショックで肌は固くこわばり、経験したことがないほど苦くおぞましい嫉妬が波となって襲ってくる。やさしい気持ちが戻りかけていた心が、一瞬にして激しい憎悪に塗り替えられる。生まれたばかりの息子を亡くした悲しみにくれたタリーが傷ついた心を抱えてイギリスに戻り、傷を癒しながら一人の生活を懸命に立て直していたとき、サンダーは新しい恋人たちとにぎやかに騒ぎ、ベッドでお楽しみだったなんて。

「それはあんまりじゃないか」もうこの話は打ちきりだとばかりに断罪され、サンダーが力なくつぶやいた。

「そうかもしれないけど……でも、この気持ちはどうしようもないわ」タリーは冷たく容赦ない声で答えた。この二十四時間に起きたことは、すでに頭の中から消去し始めている。

　また失敗してしまったけれど、取り返しがつかないというほどではないわ――最初に襲ってきた嵐のような感情にのみ込まれて粉々に砕け散ってしまわないうちに、タリーは自分にそう言い聞かせた。この一年あまり、わたしは悲しみを乗り越えて、再び自立できるようがんばってきた。またあの絶望と自信喪失の暗い日々に戻ることだけはしたくない。離婚間近の夫婦が最後にもう一度だけ触れ合うというのはよくある話じゃない、と懸命に自分を納得させる。懐かしさと愛情を間違えてしまっただけ、一度はサンダーを愛していたから混乱してしまっただけよ。今回のことは間違いだった。それ以上でもそれ以下でもない。大げさに騒ぎ立てる必要もないし、自分の愚かさを嘆く必要もない。ただでさえサンダーがハンサムでセクシーなうえに、長い間独り身の日々を送っていたから、つい誘惑に負けてしまっただけのことよ。

「わたしたち、本当にばかなことをしたわ」タリーはそうつぶやくと前の晩に荷造りしていた衣装箱を開け、着られそうな服を探し始めた。

「そんなことないさ」熱っぽく言い返したサンダーは、さっきのタリーの言葉や態度を思い返し、眉をひそめた。「待てよ、つまり、ロバート・ミラーとは寝ていないというのか？」

「何も話すつもりはないわ！」タリーがすかさず言い返した。この種の話題に引きずられたくないし、不利になる武器をサンダーの手に渡すつもりもない。わたしとほかの男性との関係がプラトニックなままだと知ったら、別居後、なかなか立ち直れずにいることが知られてしまう。そんな恥ずかしい思いはごめんだ。心の中では今もサンダーの妻であり貞節を尽くしているなどという事実を今認めるわけにはいかないのだ。「そんな話、したくもない……」

「でも、きみのほうがぼくを困らせるのはかまわない、というわけか」サンダーはかすれ声で言うと、そんな自分の言い方を後悔するようにうめき声をあげて毒づき、タリーの小さな手を取ろうと手を伸ばした。「タリー……おいで……」

ふいにタリーの全身を激しい怒りが突き抜け、緑の瞳がエメラルドのようにきらめいた。「触らないで！」と叫び、タリーはぴしゃりとサンダーの手を振り払った。

「さっききみに驚くようなことを言われたとき、うそをつけばよかったんだろうな。でも、ぼくにはそんなことはできない」たくましく引きしまった長身を硬くこわばらせ、サンダーはタリーにつめ寄ると、振り払われた手の代わりに彼女の肘を両手でつかんだ。その瞳は怒りといら立ちに燃えている。「もっと素直になれよ。きみもまだぼくを求めてるんだろう」

「違うわ。どうしてあんなことをしてしまったのか——とにかく間違いだったのよ。この家であなたと顔を合わせた瞬間、まるでタイムスリップしたみたいになってしまったんだわ！」自分の名誉のためにもなんとか信じてもらおうと、タリーは必死で抗弁した。

自分の目の前であわただしく服を着るタリーをサンダーはじっと見つめた。魅力的な胸がブラで隠される。ばら色の蕾（つぼみ）とはずむ乳房に心ならずも目が吸い寄せられてしまう。ひと晩思いきり楽しんだはずなのに、Tシャツを着た彼女の姿を見ただけで、体がまた勝手に反応してしまう。間違いだの、タイムスリップだの、そんなたわごとなど聞きたくもない。このままタリーを帰すわけにはいかない。妻を取り戻したいという理由もあるが、それだけではなく、せめて一週間はベッドでともに過ごし、ほかの女性では満たされなかったこの飢えを彼女の手で静めてもらいたいのだ。

「お互いに今も求め合っているじゃないか、前と同じように強く……」

うなるような低く深いサンダーの声がタリーのこわばった背筋を這（は）い下りる。タリーはまつげを上げ、挑むように見つめてくる熱い金色の瞳を恐る恐る見返した。とたんに胸の頂がうずいて硬くなる。この期に及んでまだ彼の魅力に振りまわされてしまう自分が信じられない。

「ぼくの言いたいことはよくわかっているはずだ」サンダーが満足げに言い放った。

けれどもタリーは、そんな言葉には耳を貸すまいと自分に言い聞かせた。こうしてサンダーを見ていれば、またばかなことをしてしまうかもしれない。とにかくこの場から去らなければ。昨日荷造りしていた衣装箱を再び開けて、タリーは衣類をまたつめ始めた。

「何事もなかったように出ていこうったって、そうはいかないぞ」サンダーがかすれ声で言う。

「わたしはわたしの好きにするわ！」タリーは怒り

もあらわに答え、挑むような目つきでサンダーを見返した。

短い黒髪をいら立たしげにかきむしり、サンダーは怒りに目を細めてタリーをにらんだ。ナイフのように鋭いその視線に、夏だというのにタリーのむき出しの腕に鳥肌が立った。「どんな手を使ってでもきみを取り戻してやる」

「それは無理ね」衣装箱のふたを閉め、小ぶりな顔に精いっぱい厳しい表情を浮かべて、タリーがきっぱりと答えた。「二カ月後には離婚が成立するわ。いただいて帰るのは、この箱に入るものだけで十分よ。この家はもう過去だし、わたしは先へ進んでいるの」

「ほんの一時間前はその過去を喜んで追体験していたじゃないか」絹のようになめらかな声でサンダーがささやく。

「誰にだって間違いはあるわ。わたしにとってはあなたが間違いだったのよ」タリーはそっけなく答え、懸命に足を動かしてドアへ向かった。

サンダーが立ちふさがり、タリーの手から衣装箱を取って階下まで運びながら低い声でささやいた。

「そう言いながら、その間違いを何度も喜んで繰り返しているじゃないか」

図星をつかれて頬を真っ赤にし、タリーは車のトランクに衣装箱を入れてロックした。サンダーがほかの女性といる光景が、まるで新手の拷問のように、何度も何度も脳裏に浮かんでくる。心に突き刺さるその光景に苦痛が募り、タリーは震える手でバッグをかき回し、車のキーを捜した。

そんなタリーの様子に目ざとく気づいたサンダーは眉をひそめ、運転席のドアに手をかけて言った。

「本当に大丈夫か？　ちゃんとまともに運転できるのか？」

「もちろん、大丈夫に決まっているでしょう」平静を装ってもサンダーの目をごまかせない自分にいら立ちながら、タリーはさっと運転席に乗り込んだ。早くしないと、この不安な気持ちがまた別の形で出てきてしまうかもしれない。

「またぼくから逃げるんだな、結婚生活に背を向けて出ていったあの日と同じように」サンダーが悲しげな声で責めるように言った。

「違うわ、よく考えてのことよ！」タリーは激しい口調で言い返し、車のドアをばたんと閉めた。

　車を走らせながらタリーは自分に言い聞かせた。バックミラーに映るサンダーの背の高い姿を絶対に振り返って見ちゃだめ、と。見たら自分の弱さに負けたことになる。過去十二時間に自分がどれほど恥ずかしい行動をしたかを思い返せば、そんな小さな誘惑ぐらいは我慢しなければ。

　それと同時に、これまでの人生で自分の感情をコントロールし、人一倍タフでいなければならなかった数多くの経験をも思い出す。まだ子どものころ、タリーは自分に近しい人からの無条件の愛を求め焦がれていた。もちろん、ビンキーはかわいがってくれたが、子ども心にもそれは少し違うとわかっていた。ビンキーは家政婦兼乳母としてタリーの母親から報酬を得て、仕事として自分の世話をしてくれているだけだと。タリーが愛する人々の中に彼女を深く愛するだけの度量がないのか、あるいは彼女自身に他人を引きつけるだけの特別な魅力がないのか。いずれにせよ、自分が人を愛するときはとことん愛し、そして手ひどく傷つくのだと、タリーにはわかっていた。

　一方、母クリスタルにとっては、いつでも恋人がいちばんだった。でも、それは母が男なしで生きていけない女性だからであり、ほとんど共通点のない母と娘は、互いにあまり期待をかけないという妥協を学んだ。同様に、父のアナトールはタリーが私生児として生まれたことを恥じており、体裁を重んじるあまり、タリーが自分の娘であることを公の場では決して認めようとしなかった。タリーの存在をずっと無視しつづけてきた自分の妻の気持ちのほうが、アナトールにとってはずっと大事だったのだ。

ひょっとして、そんな恵まれない生い立ちのせいで、サンダーに注目してもらいたい、支えてもらいたいという気持ちが強くなったのだろうか。わたしは彼に多くを求めすぎたのかしら。結婚する気も親になる覚悟もなかった男性を無理やり引きずりこみ、期待をかけすぎたのだろうか。

自分の結婚生活を思い起こすたび、タリーはいつもあの残酷な事実に立ち戻る――妊娠したとき、父アナトールがヴォラキス海運の立て直しを餌にサンダーを脅し、彼女と結婚させたという事実に。実際に結婚生活が破綻したあと、サンダーはやり直したいと言ってくれたが、二人の結婚のこうしたいきさつは、いつまでも忘れられず無視できないものとしてタリーをずっと苦しめてきた。

それでも当時はサンダーを深く愛していたから、そんな二人の関係のほころびにも目をつぶってきた。サンダーのほうはタリーを愛してはおらず、そんなふりさえ見せようとしなかったけれど。彼はタリーを求め、支え、大切にし、ベッドの中でも外でも楽しませてくれたが、彼女とは違って、心の奥底まで感じ取ろうとはしてくれなかった。そうしたせつない現実のせいで、二人の関係は結婚生活の最初から、タリーが負い目を感じるものとなっていた。

フランスの高速道路をどんどん走り、サンダーから遠ざかっていくにつれて、タリーは不思議に胸を締めつける痛みが強くなるのを感じていた。何か大切なものを失うような痛みだ。混乱した意識をちくちくと刺激するやっかいな感覚をタリーは懸命に抑え込み、勝手に思いこんで過剰反応しているだけよ、と自分に言い聞かせた。

でも、なぜサンダーはあれほど必死にわたしを取り戻そうとするの？　ギリシア人で男っぽくタフな彼ならではの独占欲の表れだろうか。自分が飽きてほうり出した骨でも、ほかの犬には触らせたくないという犬のような気分なのかしら。わたしがロバート・ミラーとつき合っているという思いこみのせいで、にわかに妻を取り戻したくなったの？　彼の両親はこの結婚が破綻してほっとしているはずなのに、サンダー自身がそんなことを望むなんて驚きだ。

たった一人残った息子の嫁として、タリーはサンダーの両親に認めてもらえなかった。婚外子であり、家庭環境もあまりよくなかったタリーは、上流気取りの両親のお気に召さなかったのだろう。サンダーとタリーが仲よく暮らしていたころは、そんな両親の冷たさもさして気にならなかった。タリーの父とサンダーはヴォラキス海運でビジネス上のかかわりがあったが、両親は二人の短い結婚生活にほとんど関心を示さなかったからだ。子どもを死産で亡くしたときも葬儀にさえ出席せず、お定まりのお悔やみカードを送ってきただけだった。

海峡を渡るフェリーを待ちながら、タリーはロンドンでまた母親と暮らせるのを楽しみにしている自分に気づいた。今は一人になりたくない。とはいえ、サンダーとの間にあったことについては黙っていようと心に決めた。ロバートともさほど深い関係ではないから、あれこれ説明する必要もない。今さら取り消せない過ちをいつまでもくよくよ悩むのはやめたほうが幸せになれるわ。そうに決まっている。

ところがロンドンに戻ってみると、母親はぴりぴりして落ち着かない様子で、娘のタリーと過ごそうともせず、もっぱら古い友人を訪ねまわっていた。だが一週間後、忘れた腕時計を取りに自宅へ戻ったタリーは、思いがけない光景を目にした。母がさめざめと泣いており、がっしりしたスーツ姿の年配の男性が、泣いてもなんの解決にもならないと母に言い聞かせていた……。

「いったい何事なの？」タリーはドアの前で声をあげた。

母クリスタルはぎょっと目を見開いてタリーを見上げると、しゃくり上げるような声をあげて立ち上がり、黙ったまま自分の寝室へ駆け込んだ。

何がなんだかわからないまま、タリーはクリスタルと一緒にいた相手に視線を移した。「あなたから説明していただけますか？」

「わたしにはその権利はありません。ごく内密の話でして」男性は堅苦しい口調でそう答え、ブリーフケースを手に玄関ドアへ向かった。「わたしの詳細な連絡先はテーブルに置いておきました。ミス・クリスタル・スペンサーに今後の対応をご検討いただいてご連絡もらえればと思います」

タリーは当惑したまま男性を見送ると、リビングに駆け戻ってテーブルの名刺を取り上げ、眉をひそめてまじまじと見た。ヘンリー・フェローズ。弁護士と書いてあるが、名前に聞き覚えはない。タリーは母が使っている寝室のドアを軽くノックし、中に入った。

身を守るように腕を組んで窓際に立っていた母が、赤く泣き腫(は)らした不安げな目でタリーをちらりと見た。「もう帰った？」

「ええ、帰ったわ。あの人、何者なの？」

母がか細い肩を力なく落とした。「いつかはわかることだから話すわ。ロジャーがわたしを訴えると言っているの」

タリーはあっけに取られて母を見つめた。「え……訴える？　ロジャーが？　いったいなんの話？」

母が語り始めた話はさして意外でもないものだっ

た。母は以前から何度となく金銭トラブルを起こしていたため、引退したビジネスマンであるロジャー・テイルフォードとモナコで暮らし始めたときも実は借金があったのだと聞かされても驚きはしなかった。

「最初のうちは、ロジャーが洋服代としてくれるお小遣いをなんとかやりくりして借金を払っていたのよ」

「借金のことをロジャーに打ち明けられなかったの？」タリーは情けない思いでたずねた。

「ロジャーはとてもお金に厳しい人だから、彼に知られたらきっと軽蔑されると思って秘密にしていたの」母がしぶしぶ答えた。「でも、だんだん利息がかさんで支払いが苦しくなり、もっとお金が必要になってきて……ある日、ロジャーの筆跡を真似て小切手にサインをし、お金を引き出したのよ。あの人、考え方が古くて、デビットカードとかオンラインバンキングとかを嫌い、いまだに小切手を使ってるから……」

タリーは涙に汚れた母の顔をまじまじと見つめた。

「ロジャーの筆跡を真似て、ですって？　それって犯罪じゃないの！」

「わたしだってばかじゃないわ、それくらいわかっているわよ。でもそのおかげでロジャーとも平穏に暮らせたし、裕福な人だから少しぐらい使っても平気だろうと……」

「一度だけじゃないということ？」タリーはぞっとしてつめ寄った。

「借金でもうどうにもならなかったのよ！」母が弁解するように叫んだ。「借金取りをどうにかして追い払う必要があったの！」

「だけど、それって泥棒と同じよ。わかってるの？」タリーはなおもたたみかけた。「ロジャーのお金を盗んだってことよ！　それで、なぜ弁護士がここへ来たの？」

「何枚かの小切手について顧問会計士から質問されて、ロジャーはわたしのしたことに気づいた。それでわたしたちの関係は終わったのよ――わたしはロジャーに追い出されたの」母はさめざめと泣いた。

「あの人、ここまで弁護士を送り込んできたのよ。だまし取ったお金を全額返せば、小切手の偽造を警察に訴えることはしないって」

タリーは真っ青になった。「全額って、どれくらいになるの？」

母が口にした金額に、タリーは思わずうめいた。想像していたよりずっと多額だ。最初の偽造がうまくいくと母は大胆になり、少しお金を使いすぎたり、足りなくなるたびにロジャーのお金を使うようになったらしい。この二年間で使いこんだお金は相当な額に上り、その膨大さにタリーは愕然とした。

「少しでも返すあてはあるの？」タリーは不安と期待をこめて母を見つめた。

「ないわ、お金なんか一ペニーも」母はのろのろと答えた。「貯金なんてしたこともないし。それはあなたがいちばんよく知っているでしょう」

「でも、現金なんて、わたしにも用意できないわ」タリーが悲しげに言った。「わたしのお金はすべて会社のものだし、ロジャーとパートナーを組んでいるから勝手に動かせない。今の経済情勢からして、そんな大金を借りるのも無理よ。ただ一つ方法があるとすれば、お父さまに助けを求めることしか――」

「頼んでも無駄よ。アナトールはわたしが窃盗で刑務所送りになったらかえって喜ぶでしょう」

その夜、タリーは父アナトールに電話をかけた。母の窮状を話すと、父は笑いこそしなかったが、同情する口ぶりでもなかった。「おまえの夫に頼んで助けてもらえばいいじゃないか。ああ、そうか、忘れていたよ。もうあの男に飽きて家を出ていったんだったな」

父の皮肉にむっとしてタリーはつぶやいた。「そんなんじゃないわ」

だが、父はタリーの言い分などまるで聞く気はないようだった。父にしてみれば、妊娠をねたにサンダーに圧力をかけて玉の輿に乗せてやったのに、自分から出ていくなんて、せっかくの幸運を自らどぶに捨てるようなものだと思っているに違いない。

「そうだな、ちょうど今週の水曜日にロンドンへ行くから、いつもの店で昼食を一緒にしよう。午後一時だ」父がいきなり言った。

思いがけない誘いに、タリーはありがたく思いながら考えた。自業自得だとあざ笑っているはずの母を助けるために父が手を貸してくれる可能性は本当にあるのだろうか。娘が大人になるまで母クリスタルを経済的に支援せねばならなかったことを父がどんなに腹立たしく思っていたか、タリーにはよくわかっているのだ。

五分ごとに怒り出して気が変わる癖のあるクライアントのために新しいインテリアプランを作成し、疲れきって帰宅すると、母がキッチンテーブルに座りこんで涙にくれていた。

「この間の弁護士から電話があったのよ。ロジャーは来週の月曜日に警察に届けるんですって。もうわたしはおしまいだわ」母はおののく声でそう言うと、眉をひそめたタリーの顔におびえた視線を向けてきた。「ああ、タリー、どうしたらいいの？　お父さまは絶対に助けてなんかくれない。あなたを昼食に誘ったのも、わたしのぶざまな様子を聞いてあざ笑いたいだけなのよ」

「そんなふうに悪いほうに考えないで」タリーはそう答えながら、両親の互いに対する憎しみの深さを思って渋い顔をした。アナトールと婚約中で妊娠中だったクリスタルは浮気をしたが、法廷でしぶとく闘い抜き、タリーの養育費をもぎ取ったのだ。それに、父アナトールは同情などで動く人間ではない。何よりもまずビジネスマンであり、お人よしではここまで財を築くことはできなかったはずだ。けれども、母にとってたった一つの望みの綱はやはり父なのだと、タリーは肩を落とした。サンダーの反対を押しきって離婚を進めている手前、サンダーに経済援助を求めるわけにもいかない。

「おまえに一つ提案がある」鈍いグレーの髪に鋭く黒い瞳、小柄だが恰幅(かっぷく)のいい父アナトールは、お気に入りのイタリアンレストランでタリーがテーブルにつくなり言った。「クリスタルに必要な金は黙って出してやる。ただし、おまえが夫のもとに戻って一緒に暮らすことが条件だ」

予想もしなかった父の提案にあっけに取られ、タリーは目を丸くして凍りついた。「冗談でしょう！」

「わたしは真剣な話で冗談は言わんよ。ヴォラキス一族とのつながりを大切にしておきたいだけだ。アテネでは非常に重要な、広い人脈を持つ一族だからな」

「それとお父さまとどう関係があるの？　わたしがお父さまの娘だということを、アテネでは誰も知らないでしょう？」

父は口をぐっと引き結んだ。「もう今では、友人たちにも会社の連中にも知っている者は大勢いる。サンダーの両親がばらしたんだよ。おまえのことはもう秘密でもなんでもない。そんな必要がどこにある？」父がふいにいら立たしげな声をあげたので、タリーは驚いた。「おまえが夫のもとに戻ってくればわたしもうれしい」

「そんなこと、無理よ――」

「いや、無理じゃない。賢明かつおまえにとって最良の策だ」父がきっぱりと断言した。「おまえにはあの母親のようになってもらいたくない。次々に男を取り替えてその経済力にすがり、あげくの果てはどん底まで落ちて金をくすねるような女にはな。わが娘にはごく普通のきちんとした人生を送ってもらいたいし、サンダー・ヴォラキスにはそれを与える力がある」

父の言葉はタリーにとって衝撃だった。物心ついて以来、父が純粋に自分の人生を気にかけてくれているとは一度たりとも考えたこともなかったのだ。もちろん、これまでそんな様子を見せたことなどまったくなかった。驚きの色を瞳に浮かべ、タリーは眉間(みけん)にしわを寄せて父をまじまじと見つめた。

「おまえにはこれまで、父親らしいことは何もしてやれなかった。おまえの母親に対する憎しみやわたしの妻への遠慮を、わたしたちの関係にまで持ち込んでしまったのは間違いだった」タリーの視線を避けながら、父は潔く認めた。「だが、おまえがサンダーとの関係で崖(がけ)っぷちに立っているのを黙って見ているわけにはいかない。あんなろくでもない母親だが、おまえが助けたいと言うならわたしが金を出してやる。だがその代わり、最低一年間、もう一度結婚生活をやり直してみるんだ」そこまで言うと父はためらい、また続けた。「子どものことは悲劇だったが、時がたてばいつか、悲しみを乗り越えて再出発できる日が来るはずだ」

子どものことを指摘され、タリーの目に熱い涙がこみ上げた。「サンダーのご両親は気にもかけてくれなくて……」

父はぎこちない仕草でタリーの手にちょっと触れ、顔をそむけた。その沈黙に父の当惑がにじんでいる。けれど、言葉はなくてもタリーにはわかっていた。赤ちゃんが死産だったと知ったとき、サンダーの両親などよりこの父のほうがずっと悲しんでくれていたことを。あの子は父にとっても、初めての孫になタリーは肝に銘じた。母の問題の根源を無視しては、またいつか同じような問題を招くことになってしまう。

「わかったわ……のみます」ついにタリーは硬い口調で答えた。これから戻ることになる結婚生活については、今はあまり深く考えず、プライドと独立心を捨て去って受け入れることにした。

サンダーに電話し、勝ち誇ったようなあの低くゆったりした声を聞くのは耐えられない。直接言葉を交わさずにすむように、タリーは十代の少女のようにメールを打つことにした。

〈気が変わりました。もう一度結婚生活をやり直してみる気になりました〉

買い物に出かけた母を待っていると、サンダーから電話がかかってきた。「迎えに行くよ、夕食を一緒に食べよう。家に帰ったら、契約書の話し合いをしよう」

るはずだったのだ。

「どうだ、わたしの提案をのむかね？」

タリーは予想もしていなかった選択を迫られて戸惑い、今ここで即答はできないとか細い声で答えた。かつてサンダーを操ったのと同じように今度はこのわたしを操るつもりかしらと、父に対して腹は立つが、父は父なりに娘の将来を案じてくれていると思うと、胸を打たれる。それに、母が詐欺罪で逮捕され、ことによると投獄されるのを、娘のわたしが黙って見ていられるわけがない。お金がらみの詐欺を働く女たちに世間の目は厳しい。特に、娘のタリーが思い出せないほど昔から自分でお金を稼ぐ仕事についていないクリスタルのような女性への風当たりは強いだろう。母がさらに返せもしない借金を重ね、とうの昔に捨て去るべきだった今のような生活を維持することも無理な話だ。父のお金を使わせてもらう代わりに母の生き方そのものを変えなければ、と緒にしよう――」

「あ……その……今夜は忙しいの。今、母がうちに来ていて」タリーはあわてて説明した。「荷造りをして、明日あなたのアパートメントへ行くわ」

「あのアパートメントは去年売って、一軒家を買ったんだ」サンダーはそう言うと新しい住所を読み上げた。ギリシアなまりのせいで母音がなめらかに聞こえない。「タリー……決して後悔はさせないよ」

タリーは一瞬うろたえた。サンダーはわたしが自分の意思で戻ると思っている。それは真実とはほど遠いが、今は醜い真実を認める理由などない。認めたところでなんの得にもならない。タリーが丁寧に荷造りしていると母が帰ってきた。リビングで母と顔を合わせ、タリーは父が母の借金を肩代わりしてくれることを手短に伝えた。

クリスタルはひどく驚いた。「まさか、あのアナトールが助け舟を出してくれるなんて」

「条件があるのよ――わたしにもママにも。わたしは結婚生活をやり直すと約束させられてきたわ」タリーが言った。「そしてママは、とにかく何か仕事につくこと」

「仕事？」母が信じられないと言いたげに声をあげた。「いったいわたしになんの仕事ができるというの？」

「やってみないとわからないわよ。美容とか化粧品の業界ならいけるかもしれないし……ママに何が向いてるかはわたしにもわからないけど、でもとにかく仕事を見つけて生活費を稼ぐことを考えて」

「無理よ！」

「無理じゃないわ。もう自分を養ってくれる男性を探さなくてもいいのよ。クレジットカードの請求書におびえる必要もなくなるわ。カードは全部切り刻んでしまって、これからはみんなが普通にやっているように、自分の収入に見合った、身の丈にあった生活を送るのよ」

母は目をしばたたいた。「頭が変になったの?」

「いいえ、ママが救われる道はもうこれしかないのよ。パパが助け舟を出してくれる機会なんて、もう二度と訪れない」タリーはここぞとばかりに念を押した。「これまでの習慣を捨てて再出発するのは大変だと思う。でも、ママは自分が思うよりずっと強いわ。ここですべてを変えるの。自分のものでもないお金をどんどん使う生活はもうやめなきゃ」

「まあ、そりゃ、裕福な娘が助けてくれるのなら」母はいつも以上に抜け目なくそう言い出した。

「いいえ、わたしはママの借金の尻拭いをサンダーに頼むつもりはないわ」タリーは暗い顔で答えた。「一度は背を向けた結婚生活に戻らされるだけでもつらいのに、それ以上求めるのは不公平よ」

「わたしの目はごまかせないわよ」母が鋭くささやいた。「あなたが自分から進んでサンダーに背を向けたなんて信じないからね。あなたは死ぬまでずっとサンダーに夢中なんだから!」

経済的に自立するしかないと言われたことで、母はぴりぴりとした態度をとりつづけていたが、夜遅くにはなんとか母を説き伏せることができた。新しい生活へ向けての第一歩だと、タリーは満足した。

翌日、タリーに話を聞かされてロバート・ミラーは仰天した。「またサンダーと暮らす、だって? いつから?」

「フランスの家で再会したとき、もう一度やり直したいとサンダーに言われたの」タリーは硬い口調で言った。「よく考えて、彼の言うとおりだと――」

「冗談じゃない!」ロバートはいきなり怒り出した。「あいつとの生活は不幸だったんだろう?」

「うまくいかなくなったのは子どもが死んだあとのことだから」

「でも、ぼくたちのことはどうなる? このぼくは?」ロバートが色をなして問いつめる。

「わたしたちはただの友だちでしょう」タリーは困った顔で答えた。

「そうなったのは誰のせいだ? きみがいつまでもぐずぐず離婚を待っていたからじゃないか!」ロバートの青い瞳が怒りに燃えた。

良心の呵責(かしゃく)に胸が痛み、タリーは身を硬くした。

「わたしたちはこれからも仕事のつき合いが続くわ。気まずくなりたくはないの」

「ぼくたちはビジネスパートナーだ、それは今後も変わらない」ロバートが必要以上に強い口調で答えた。「サンダーに伝えてくれ、ぼくを〈タルーラ・デザイン〉から追い出そうとしても無駄だとな!」

ロバートの爆発に、タリーは疲れきってうなだれた。彼を勘違いさせてしまった責任は、自分にあるのかもしれない。

4

その日の夜七時、タリーは荷物を持ってサンダーの家に着いた。

非常に広壮な屋敷で、家具類もクラシックなものをそろえている。以前のモダンでしゃれたアパートメントとは大違いだ。間取りも男の一人暮らし用ではなく、典型的なファミリータイプだ。サンダーはまだ仕事から戻ってきていなかった。彼が仕事にばかりかまけ、そばにいてほしいときにいてくれなかった苦い過去の日々を思い出し、タリーは不快な思いに襲われた。サンダーが使っているであろう寝室を避け、別の寝室に入った。また同居を始めるとはいっても、すぐさまベッドまでともにしなければならないことはないはずだわ、と自分に言い聞かせる。再び妻としてふるまうことに慣れるまでは、サンダーと少し距離をおくほうがいいような気がした。

タリーはサンダーとの最初の夕食に慎重に服を選び、色鮮やかな花柄のドレスを身につけた。スカートの裾が太腿をくすぐり、胸のふくらみが魅力的に際立つ。玄関ドアがばたんと閉まる音に、タリーは激しく胸を高鳴らせて立ち上がり、家政婦が案内してくれた優美な客間の入口でサンダーを待ち受けた。

ビジネススーツに身を包んだサンダーがタリーをじっと見つめ返した。黒髪は風に乱れ、がっしりした顎には朝剃ったひげが伸び始めている。つやつやと黒光りする肉食獣のような美しさに、そのカリスマ的な魅力に、くらくらと目まいがした。サンダーは黒いまつげに縁取られた瞳でタリーを観察していた。例のごとく、彼女が自分の家にいるのを見てもごく冷静な反応だ。

「腹はへっているか？」

やがてサンダーが言い、タリーの胸がどきんと打った。すごい勢いでうねり流れてくる川のように、全身に電流が走る。サンダーの視線や言葉の一つ一つに、まだこれほど反応してしまうのだ。頬がかっと赤くなり、胸の頂が硬くなる。彼にかき立てられたうずきを抑えようと太腿をぎゅっと合わせてみても無駄だった。

「いや、そういう意味じゃない」サンダーがささやく。低く深いその声音は、タリーの緊張が性的なものだと気づいている証拠だ。とてもかなわない、彼にはなんでもお見通しなのだ。「ぼくもそこまで野蛮人じゃない。食事をしていろいろ話そう」

「ゲストルームを使わせてもらっているの」誤解のないようにとタリーが言った。

「かまわないよ。そこにずっと暮らすわけじゃないんだろうし」サンダーが穏やかに答えた。「ぼくは辛抱強い男だからな」

「前はそうじゃなかったわ」

　サンダーの金色の瞳が一瞬タリーの瞳をとらえて熱く燃え、次の瞬間、濃いまつげにさえぎられた。

「ぼくはきみとの生活を取り戻したいんだ。そのためにはなんでもするさ、ぼくの妻(イネカ・ムー)よ」サンダーが穏やかに言った。

　その率直な言葉にタリーは心打たれた。自分の意思だと偽って彼のもとに戻ってきたことを改めて思い起こすと、恥ずかしさに頬が熱くなり、瞳にも後ろめたい光が宿った。「そう簡単にはいかないと思うわ」

「マゾヒストの言葉にこんなのがある、手に入れる価値のあるものは簡単には手に入らない、とね」タリーの緊張を和らげるように、サンダーがかすれ声で切り返した。少し香水をつけるだけでフォーマルな装いだと思っているようなタリーにとって、こんな華やかなドレスで着飾るのは相当努力が必要だったに違いない。彼女の緊張ぶりを見て、今すぐ行動を起こすのはやめておこうとサンダーは考えた。彼女はまだわかっていないらしい――ぼくの好きなドレスは隠しファスナーなどない、すぐに脱がせられるものだと。さっきは否定してみせたが、実はとんでもない野蛮人なのだ。だがその事実はできるかぎり隠しておこう。

　その夜、タリーはベッドに入って枕(まくら)に頭をつけた瞬間眠り込んだ。さしものストレスも疲れには勝てなかった。夫のもとへ戻りながらも別々の部屋で眠る、そのことを文句も言わず受け入れてくれたサンダーは、本気で二人の結婚生活を取り戻したいのだろう。いつかは二人めの子どもができる日が来るかもしれない――いつしかそんなことを思い浮かべている自分に、タリーは激しい罪の意識を感じた。それを考えるのはまだ早すぎるわ。なんてひどい母親なのだろう。亡くしてしまったかわいい息子に替えられるものなど何もないのに。とはいえ、再びサンダーと家族を作れるようになるかもしれないという気持ちになっただけでも、タリーにとっては大きな前進だった。

肩をそっと揺すぶられ、タリーは眠い目を開いた。目の前にはサンダーの顔があり、背後のカーテンから光が差し込んでいる。「寝坊しちゃった？　何か約束でもあったかしら？」

「いいや、今日はぼくたちの仲直り一日めだ」サンダーはきらきら輝く瞳でタリーの赤らんだ顔を見つめている。やる気満々といった表情だ。「これから休暇旅行に出かけるんだ」

「休暇旅行？」タリーは驚いて叫んだ。「いったいどうして――」

「ぼくもたまにはいい考えが浮かぶのさ」サンダーがのんびりと歌うように言った。「ぼくたちには、もう一度お互いになじんでいく時間が必要だ。そこには友人たちや家族の存在はいらないと思ってね。もう手配はすべてすんでいる。正午に飛行機で出発だ」

「飛行機？」タリーは身を起こし、目にかかる乱れた髪をかき上げた。「いったいどこへ行くの？」

サンダーの官能的な唇に人を引きつける笑みが浮かんだ。「着いてのお楽しみだよ。何もかも準備は整っている。荷造りも必要ない」

「荷造りもいらないって、どういうことなの？」タリーは途方にくれた。

衣類はほとんど南フランスの家に置いたままだ。ここより暖かい気候に適した

「友人に頼んで、これから滞在する別荘にきみに合ったサイズの水着や遊び着を一式送ってもらってある。何を持っていくかで頭を悩ませてほしくないんだ。そうするときみは決まって機嫌が悪くなる」サンダーがからかうようにささやいた。

「何日ぐらいの予定？」タリーが強い調子でたずねた。「サンダー、わたしには仕事があるのよ、クライアントとの約束も……」

サンダーはタリーの言葉を封じるように彼女の唇に指を当てた。期待に満ちたその瞳が金色に輝いている。「頼む、今回だけはぼくたちのことを優先させてくれ。クライアントも仕事の契約も絶えず移り変わっていくものだが、結婚はもっと繊細なものだ。せっかくこんな恰好の機会を得たんだから、最大限に生かそう」

部屋を出ていくサンダーを見送りながら、タリーは驚いていた。彼は本気で、この結婚生活の安定した土台を築くために努力するつもりらしい。あの徹底した仕事人間がビジネスよりこのわたしを優先させるというのなら、わたしもそれに応えなければ。

タリーは急にスイッチが入ったかのようにベッドから飛び出し、事務所のアシスタントに電話をして、しばらく旅行に出ると告げた。そして二人してすでに入っているスケジュールを調整し、タリーの帰宅後に予定を変更できるもの、テレビ会議でできるものなどに分類していった。

緑色のシルクのすとんとしたワンピースを着て一泊用のボストンバッグを手に、タリーは空港へ向かった。心は驚くほど軽く、抑えきれない興奮でティーンエイジャーのように頬を上気させてヴォラキス家専用ジェットに乗りこんだタリーは、じっと見つめるサンダーの瞳に迎えられた。本当に美しい瞳だわ、と改めて見とれる。だが、その瞳に映る自分の姿が目に入った瞬間、タリーは顔の表情を硬くこわばらせ、あらぬ方向へさまよいかける心をぐっと引きしめた。別居以来、タリーはずっと感情を厳しく抑制するように努めてきた。傷ついた日々を通して、自分自身を守ることを学んだのだ。けれども、サンダーに呼び起こされる感情はいつもタリーの許容範囲を超え、危険なまでに強く深く迫ってくる。〝あなたは死ぬまでずっとサンダーに夢中〟という母の言葉を、タリーは心の中で懸命に否定した。

今はもう愛してなどいないわ。それはプライドをかけて断言できる。結婚生活の果てに傷ついた心からはもう立ち直った。わが子を失ったあと、悲しみを共有してくれることもなく、サンダーはさっさと自分の生活に戻った。タリーを襲った絶望や罪悪感、弱さなどとはまるで無縁に見えた。当時のサンダーの心情については誤解があったかもしれないと今となっては思うが、それでもタリーはサンダーなしで、心震えるあの魅力なしで生きていくことを学んできたのだ。

父に交換条件を突きつけられて結婚生活をやり直すことになったが、これはあくまでも〝お試し期間〟だということを忘れるつもりはない。一年間もね、と心の中で小さな声が叫ぶ。まるまる一年間もサンダーと同居して、この心に触れさせず守り抜くことができるの？　しっかりしなさい、とタリーは自分に言い聞かせた。サンダーは結婚生活の間一度として、体の相性のよさや気心の知れた二人の関係を愛という名の光で照らしてみることはしなかった。当時も今も、サンダーはしっかりと地に足をつけている。今度こそはわたしもそうしなきゃ、とタリーは自らを守るように心の中でつぶやいた。

「ここはどこ？」数時間後、飛行機を降りたタリーはたずねた。雲ひとつない青空に太陽が金色に輝き、肌に熱気を感じる。

「モロッコだよ」サンダーはすり寄ってくる係員から二人分のパスポートを受け取ると、待ち受けるリムジンにタリーを乗せた。「地中海に面した別荘を友人が貸してくれてね」

この熱気とサンダーの使うフランス語から、そうではないかと思っていた。タリーはエアコンのきいたリムジンの座席にゆったりと身を預けた。海岸へと向かう山あいの道からは、オリーブやさまざまな果樹がきれいに並ぶ谷が一望のもとに見え、息をのむほどの絶景だ。アーモンドの木はちょうど花が満開で、ふわふわと雲のような白い花が咲き乱れている。しだいに日が傾いてきたころ、リムジンはようやく緑豊かな庭園に囲まれた広壮な白い別荘の前に停（と）まった。車を降りると、浜に打ち寄せる波の音がすぐ近くから聞こえ、潮の香りが鼻をくすぐる。

「ここへは来たことがあるの？」タリーがたずねた。

「一度だけ、まだ大学に入る前だ。アレクセイ・ドラコスとは大学進学準備校（シックス・フォーム・カレッジ）の同級生でね。この別荘も彼のものなんだ」サンダーはタリーの手を握り、庭園を抜けていく。

世界でも指折りの億万長者の名前がさらりと彼の口から出てくるすごさに、タリーは心ならずも感服せざるを得なかった。

海までそのままつながっているように見えるプールの端まで来るとサンダーは立ち止まった。目の前には、金色に輝くプライベートビーチの砂浜にさざ波が寄せては返している。「すばらしいところだろう。本当ならハネムーンで連れてくるはずだったんだが」

結婚後数週間、サンダーが家業であるヴォラキス海運の立て直しに集中せねばならず、新婚生活どころではなかったことは、タリーにとっても苦い思い出だった。二人がぶらぶらと別荘へ戻ると、使用人の一人アブが出迎えてくれた。白くゆったりと長い民族衣装ジャラバをまとったアブは別荘を誇りにしており、客人であるサンダーたちを喜んでもてなしてくれた。鮮やかな色彩、美しい手描きのタイルや豪華な織物をふんだんに使った伝統的な装飾を施しながら、この別荘には最先端技術を駆使した贅沢（ぜいたく）な設備も整っているのだ。ドアや窓、カーテンの開け閉めはボタン一つでできる。最新設備を備えたオフィスの隣には主寝室があり、『アラビアン・ナイト』の世界さながらの、ため息が出るような大理石のバスルームまでついていた。

「きみはここを使うといい」サンダーが言った。

盛りつけも美しくおいしい夕食をゆっくりと楽しんだあと、タリーは遠慮なくサンダーの勧めに従った。シャワーを浴び、薄手のコットンのラップドレスを着て錬鉄製のバルコニーの椅子に座ると、海と山々のすばらしい景色が目の前に広がった。湾を取り囲むように小ぢんまりした町も見える。港から急坂になっている丘のふもとにはモスクの尖塔（ミナレット）がそびえ、色とりどりの別荘が何層にも整然と並んでいる。タリーはアシスタントにメールで自分の所在を伝え、あくびを噛（か）み殺しながら、ようやくふかふかの広いベッドにもぐりこんで目を閉じた。この数カ月になかったほどくつろいでいる。なぜかしら？　サンダーがそばにいるというだけで、なぜこんなに気持ちが落ち着くのだろうか。

目が覚めると、メイドが二人で広いクローゼットにせっせと衣類をかけていた。たっぷり眠って疲れも取れたタリーはベッドから出て、にこやかなメイドたちに少し下手になったフランス語であいさつすると、サンダーが手配してくれた衣類をざっと眺めた。バカンス向きのすてきな服が並んでいる。明るいブルーのビキニとビーチドレスを選び、タリーはシャワー室に向かった。

階段を下りたところでアブが出迎え、タリーあてに花が届いていると言った。優美な白いばらが背の高い花瓶に豪華に咲き誇っている。タリーはうれしくなって笑みを浮かべ、サンダーが朝食をとっているテラスへ出ていった。

「お花、すてきだわ……ありがとう」

サンダーが黒い眉をつり上げて顔を上げた。

「花？　ぼくは花なんか贈っていないよ」

「え……」タリーは髪の生え際まで真っ赤になり、室内に戻ってもう一度花を見直した。小さなカードがはさんであるのに気づき、取り上げて目を通す。

「〝きみを思っているよ、ロバート〟」タリーの肩越しにサンダーがメッセージを読み上げ、信じられないと言いたげにうめき声をあげた。「ずうずうしいやつめ！」

花の贈り主はサンダーだと勝手に思いこんだ自分が恥ずかしく、タリーは表情を硬くした。

「アブに言って捨てさせよう」サンダーがきっぱりと言った。

「そんな、やめて！」タリーが反対した。「ロバートから花をもらって何がいけないの？」

「それはまずいだろう」引きしまった顔に厳しい表情を浮かべ、サンダーは怒りに光る金色の瞳でタリーを見つめた。「きみはぼくの妻なんだから」

タリーはそんなサンダーの警告を無視した。花の贈り物一つに男のプライドを振りかざす狭い了見になどつき合っていられない。タリーはテラスに座り、ヨーグルトと新鮮な果物、チョコレート入りクロワッサンの朝食を食べ始めた。ひと口ごとに至福のひとときを味わった。食事を終えるころにはようやくサンダーのしかめっ面も消えており、二人は連れ立って散歩に出かけた。

朝日の中、誰もいない砂浜を歩く。タリーは細かい砂につま先をうずめ、ラップドレスを脱いで、子どものように水を蹴ってはしゃいだ。

「最初の結婚生活ではこんなふうにくつろぐ時間もなかったな。ぼくは朝から深夜まで仕事だったし――」サンダーは低く深みのある声に後悔をにじませて言った。「きみが妊娠した当時はまだつき合って数週間だったから、お互いに相手のことをよく知らなかった」

「そうね」タリーも苦笑いした。「あの当時はそんなふうに思っていなかったけれど」

「そのうえ、二人とも大人としての責任感に欠けていた」サンダーは険しい表情で海を見やった。いつもの彼らしからぬ内省的な雰囲気に、タリーは興味を引かれた。

「あなたは忙しかったもの。親になるということを受け入れる時間もなかったのよ」

　サンダーはぐっと歯を食いしばり、黒く長いまつげの下からタリーの顔を見つめた。「違う、あの子への気持ちはもっと……」

　それきり沈黙が続き、タリーは向き直ってサンダーを促した。「もっと、何？」

　サンダーは顔をしかめた。その話題に触れるのはつらいらしく、ためらっている。「ぼくの子ども時代は幸せではなかった。誰かに虐待されたというわけではないが、愛されず望まれなかった子どもだったんだ。母はぼくを嫌い、父もぼくにはまったくかまってくれなかった。両親の愛を一身に受けていたのは兄ティトスだった」サンダーは驚くほどぎこちない仕草で肩をすくめた。両親の不可解なえこひいきなど語るにも値しないと軽くいなしたつもりが、心の底では傷ついているのは明らかだった。

　かわいそうに思う気持ちがこみ上げるのをタリーはぐっとこらえた。こんな個人的な話をするだけでも、きっとひどくつらいに違いない。

「若いころからずっと思っていたよ、自分の子どもなんか一生欲しくないと」サンダーが吐き捨てるように言った。「自分がされたみたいに子どもを傷つけたくはなかったし、親として父や母の中に欠けているものがぼく自身の中にもないんじゃないかと思うと怖かった」

　タリーは身震いした。まさか、自分がいい父親になれるかどうか、これほど根深い悩みをサンダーが持っていたとは気づかなかった。彼が子どものことに無関心なのは、もっと浅はかで自分勝手な理由からだと思いこんでいた自分が恥ずかしくてならない。

「わたし……」タリーは口ごもりながらつぶやいた。「あなただって機会があれば、きっとすばらしいお父さんになったと思うわ。あなたはご両親とは違う。もちろん、ご両親のことはほとんど知らないけど、でも何度かお会いしたかぎりでは、少し冷たくてよそよそしく感じるわ」

気づかうようなタリーの視線に、サンダーは感謝をこめたまぶしい笑みを向けた。「やさしいんだな」

それから彼は顔を寄せ、むさぼるような熱いキスをした。胃袋がひっくり返り、膝頭ががくがく震えるような感覚に、タリーは両手でサンダーの肩にしがみついてその顔を見上げた。全速力で走ってきたかのように胸が高鳴る。これは偽りの仲直りなのよ、もうこれ以上サンダーとの結婚生活を続ける気もないし、愛してもいない、本当よ、と懸命に自分に言い聞かせる。でもその事実をサンダーは知らないのだと思うと、罪悪感がこみ上げてくる。わたしは平気でうそがつける人間ではないのだ。サンダーの官能的な唇が再びタリーの唇をとらえ、世界がぐるぐるとまわり始めるとタリーは目まいに襲われた。下腹部に熱いものが広がり、胸の頂が張りつめて硬くなる。彼と再びベッドをともにするためには彼を愛さなければ。そんなことを恥ずかしげもなく考えていると、サンダーが彼女の葛藤を拭い去るようにプールへと導き、泳ごうと言った。もっと親密に触れ合いたいというそぶりはこれっぽっちも見せなかった。

二日後、二つめのばらの花束が届いた。

〈きみがいなくて寂しいよ。ロバート〉

添付されたカードにはそう書かれていた。

「まったく非常識なやつだ！」サンダーはカードをその手で握りつぶし、責めるような目でタリーをにらみつけた。

「わたしたちがまた同居を始めたことにロバートは驚いて、わざとあなたを挑発しているのよ。彼らしくないわ」タリーは口ごもりながら答えた。「でも、あの人がこけにされたと感じているのはわたしの責任ね」

「あの男ときみはどういう関係なんだ？」その瞳に熱を秘め、サンダーが厳しく問いつめた。

タリーは気まずい思いで身を硬くした。「ロバートのことはとても好きだけど、今は話したくないわ。こうしてあなたのもとへ戻ってきた今、何もかも変わったのよ」

多くを語ろうとしないタリーにむっとした顔をしながらも、サンダーは鋭い目を伏せて口を結び、その話題はそこで終わった。その日の午後はサンダーがタリーにスキューバダイビングを教え、夜は湾を望むウォーターフロント地区のレストランで食事をした。別荘へ戻ると、アブが口の中でとろける小さな焼き菓子とミントティーを出してくれた。そして、サンダーはタリーに革張りの小箱を手渡した。

「ロンドンで買ったんだ。きみの気持ちが固まったらつけてほしい」

タリーが小箱を開けると、新しい結婚指輪が入っていた。タリーははっと驚いて青ざめ、不安げな目をサンダーに向けた。

「早すぎたか？」サンダーの声が不満げにとがり、がっしりした顎に力が入った。彼はいきなり立ち上がると、テラスの端まで行って振り向いた。浅黒く端整な顔がいら立ちにこわばっている。「できるかぎりきみの気持ちを尊重しようと努力はしているが、もう限界だよ。ぼくはきみの新しい親友になんかなりたくはない」サンダーは思いのたけをぶつけるように言った。

　このまま彼の腕に飛びこみたいという思いの強さに自分でも困惑しながら、タリーは指輪の箱を手のひらにのせた。いつも何をするかわからないサンダーが、思いがけず伝統的な手段を使ったことに心が揺れる。

「きみの恋人に、夫に、そして二人めの子どもの父親になりたいんだよ」サンダーがかすれ声で続けた。

　きっぱりした言葉に、タリーの全身でせつなさがざわめいた。恋人としてのサンダーは申し分なく、もう以前のようなうぶな娘ではないタリーにとって、その強烈なカリスマ的魅力に抗するのは日に日に苦しくなってきている。大きなベッドに一人で横になりながら、自分はサンダーにうそをついていないだろうかと心で問いかけてみる。一緒にいて楽しいのは本当だ。いろいろと楽しませてくれ、子どものころの話も打ち明けてくれた。ふだんは独立心が強く冷静で自己分析などしないような男性がそんなふうに信頼してくれ、これまでのやり方を改めようとしてくれるのは本当にうれしい。以前のようにタリーにとってサンダーは、朝目覚めていちばんに、そして夜寝る前に最後に思い浮かべる人となりつつある。

　もともと、ずっと寝室を別にしつづけるつもりもなかった。サンダーは気づいていないかもしれないが、父になかば強要されて再開した同居生活の中での、タリーなりの静かな独立宣言のつもりだった。けれども、女性にはまったく不自由しないサンダーを相手に、セックスを餌にして釣る方法は賢明ではない。そんな明白な事実を無視するのは愚かとしか言いようがないだろう。

　〝二人めの子どもの父親になりたい〟と言われ、一人めの子どものことをさりげなく匂わされて、タリーは目頭が熱くなった。もう一度子どもが欲しいという強い思いはもう否定できない。つらいけれど、この心にぽっかりと開いた穴は子どもでしか埋められない。それこそがずっと求めていた本当の癒(いや)しになるのかもしれない。そう思ったタリーは気が変わらないうちにとベッドから飛び出し、廊下を横切ってサンダーの部屋に入った。

　サンダーはベッドのヘッドボードにもたれ、ブロンズ色の体をシーツの上にゆったり伸ばしてビジネスニュースを見ていた。身につけているのは黒のボクサーパンツ一枚きりだ。ハンサムな顔がこちらを向き、黒みがかった金色の瞳が驚きに光る。だが、いつもながら察しは早かった。彼は上体を起こし、こちらへおいでと手を差し伸べた。エンジンのピストンのように心臓が激しく打ち始め、タリーは思わずサンダーの指を握った。

　黒いまつげ越しに金色に光る瞳でサンダーがささやいた。「もう後戻りはできないぞ、イネカ・ムー。中途半端は許さない」

　彼女の弱みにつけこんですかさず条件をつけてくる、いかにもサンダーらしい強引さに、タリーは思わず笑ってささやいた。「いいわ」

　まだ指輪のないタリーの薬指をサンダーの長い指がなぞった。「明日になったら指輪をはめて、もう二度と外さないことだ」

　タリーは彼の暗くかげった瞳を見つめた。胸の鼓動が高鳴る。なんてずうずうしい人だろう。これからの長い結婚生活に同意すると約束すれば抱いてやろうと言っているのだ。その提案にこそ、彼がいかに変わったかが表れている。けれども、サンダーのもとに戻ってきたのは父が母の借金を肩代わりする交換条件だったし、これまでは自分の行動について突きつめて考えてはこなかった。こうして決断を迫られた今、最初からずっと心は決まっていたことにタリーは気づいた。こんな気持ちにさせてくれる男性は世界中探しても彼しかいない。たとえどんな結果になろうとも、彼に背を向けることなどできない。今でもサンダーを愛している――ほかの誰よりも。何より大事なのはそれなのだ。

サンダーは身を乗り出し、タリーのみずみずしい唇に唇を重ねて円を描くようになぞった。このうえなくやさしい、それでいてじらすような触れ合いに、封じ込めていた炎が燃え上がり、タリーもぐっと身を乗り出して、短く刈り込んだ豊かな黒髪に指を食いこませた。情熱的に応えてきたタリーのキスに、サンダーは彼女の膝を割り、自分の体の上にのせた。そして、すべすべした太腿を片手でなで上げ、熱くうるおった部分へと指を走らせる。

すでに敏感になっていた部分に触れられ、稲妻のような欲望がタリーの全身を貫いた。快感の小さな芽を愛撫され、快感がとめどなくあふれてくる。サンダーの指が一本すべりこみ、タリーは彼の髪や肩をつかんで歓びに身をまかせた。下腹部がきゅっと締めつけられ、欲望の波がどんどん速さを増して押し寄せてきて、思わず腰が動いてしまう。絶頂に達して甘い余韻にひたっていると、サンダーがボクサーパンツを脱ぎ捨て、熱く濡れたタリーの中へぐいと押し入った。

信じられないほどの快感に、タリーは思わずあえいだ。「やめないで！」

「やめないさ」両手で彼女のヒップを支え、巧みにペースをコントロールしながら、サンダーがより深くタリーを貫く。彼の動きの一つ一つに応え、タリーは恍惚に身をよじった。サンダーが絶妙なタイミングで彼女の体を持ち上げ、また引き下ろす。そんな原始的なリズムをつかみ、タリーも彼のたくましい体を心ゆくまで味わった。興奮がどんどん速度を上げて押し寄せてくる。突然、息さえできなくなるほどの絶頂感が訪れ、サンダーが身を震わせて満ち足りた雄叫(おたけ)びをあげた瞬間、タリーの体も再び激しく震え、世界が粉々に砕け散った。

「コンドームを使わなかった」息を切らし、あえぎながらサンダーが言った。

タリーはうっとりと笑みを浮かべ、浅黒くなめらかな肩に顔をうずめた。「いいのよ」

翌日、タリーは新規のクライアントとのテレビ会議を二件こなすとオフィスをサンダーに譲り、午後いっぱいは予備設計を描(か)いて過ごした。最後にこんなふうに心から自由と幸福を感じたのは、もう思い出せないほど昔だ。人生に対する情熱がよみがえったのも、こんな満ち足りた気分になるのも、再びサンダーがそばにいるからだと素直に思える。

それからの一カ月、タリーの中でその充実感は強くなる一方だった。週末はたいてい二人でマラケシュのホテルに滞在し、アートギャラリーを見てまわったりしゃれたレストランで食事をしたり、人気のナイトクラブをのぞいたりした。ウィークデーの午前中数時間はそれぞれの仕事に集中し、たまにかち合うこともあったが、オフィスをうまく譲り合ってロンドンやアテネとのやり取りもこなした。スキューバダイビングや森の散歩を楽しんだり、百年ほど時間が止まったような山あいの村に出かけていくこともあった。何もしたくない気分のときにはプールサイドでのんびりくつろいだり、砂浜でピクニックをすることもあった。二人は気のおけない恋人同士に戻り、相手の反応を気にすることもなく体に触れ合い、黙っていても心安らぐときを過ごした。

ロンドンへ戻るころには、二人の同居はすでに六週間続いており、タリーは心ひそかに、また妊娠しているのではと期待し始めていた。

5

ロンドン本社に戻った初日の昼休み、タリーをランチに誘おうとエレベーターに乗りかけたサンダーは、非常に有能な個人秘書が手招きして戻ってきてほしいと伝えているのに気づいた。モロッコでいつもタリーがそばにいる状況にすっかり慣れてしまったから、こっちでも不意打ちで彼女を驚かそうと思ったのだが、秘書が自分を呼び止めるのはよほどの非常事態に違いない。サンダーはオフィスに戻り、秘書がすぐ取り次がねばと判断した電話を受けた。

それは、フランス人の弁護士エドゥアール・アーピンからの電話だった。当惑しながらもフランス語で答えたサンダーを無視して、相手はなまりの強いお粗末な英語でしゃべりつづけた。何度もきき返し、繰り返してもらってようやく把握できた話の内容は、不愉快かつ驚くべきものだった。オレイア・テリスがパリの病院で肺炎で亡くなり、昨日埋葬も行われたという。ティーンエイジャーのころの恋人だった、まだ若い彼女の死の知らせにショックを受けたサンダーは、オレイアが遺産の受取人を彼一人に指定していたという事実にさらに仰天した。どうやら至急パリまで行く必要があるようだ。

信じられない思いで、サンダーはうめき声をのみこんだ。たずねたいことは山ほどあったが、フランス人の弁護士は、できるだけ早くパリへ行くというサンダーの約束を取りつけて、すでに電話を切ってしまっていた。なぜオレイアはぼくに遺産など残したのだろう。しかも、こんな最悪のタイミングで。思いがけずタリーが戻ってきて結婚生活が再び軌道に乗り始めた今、昔の恋人の投げかける暗い影など、あってもらっては困るのだ。相手がオレイアとくれば、タリーはいっそう神経をとがらせるに違いない。サンダーは苦い記憶に瞳を曇らせ、悲しみに沈んだ。エキゾチックな魅力にあふれ、はちどりのように気まぐれに飛びまわっていたあのオレイアが死んだ？とても信じられない。

最後にオレイアと会ったときの記憶がいきなりよみがえり、あわてて意識を現実に引き戻した。いろいろと問題の起きそうな、決してすばらしいとはいえない記憶だ。サンダーは全身をこわばらせた。パリへなど本当は行きたくない。オレイアとはもう一年以上音信不通だったし、なぜ彼女がロンドンを離れてフランスの首都パリに居を定めたのかも知らない。オレイアはいったい何をぼくに残したのだろう。確かに、彼女には身寄りがなかった。子どものころ両親を亡くし、洗礼のときの名付け親に育てられたオレイアは、十八歳でその名付け親の莫大な遺産を相続して完全に独立した。とにかく、明朝いちばんにパリへ飛ぶことにしよう。用件を片付けて夜までに戻れば、タリーに気づかれずにすむはずだ。

元来が率直な性格のサンダーにとっては、何か問題を回避したり秘密にしたりするのは性に合わない。だが、タリーの幸せな気分を壊したくないと慎重になり、おそらく生まれて初めて、衝突の危険を避けようと思った。昔から驚かされるのは嫌いだったし、今もなぜタリーが急に結婚をやり直す気になったのか、皆目わからないことが気になる。彼女はそんな気まぐれな性格ではなかったはずだ。そういえばオレイアは、生前一度もサンダーを驚かすことはなかった。たぶん彼女は、二人のこじれた関係に、そして彼女を許せなかったぼくの狭量さに対する置き土産のつもりで何かを残したのだ。ティーンエイジャーだった当時は、ほかの男と寝たオレイアを到底許す気にはなれなかった。いつまでも恨みを抱いていた当時の自分は、今にして思えば、男としてのエゴにこだわっていただけだった。そんな怒りにずっとこだわっているのは無意味だとぼくに教えるために、オレイアは死んだのだろうか。

　翌朝、早朝のパリ行きの飛行機に乗る予定のサンダーがキッチンでブラックコーヒーを飲んでいると、思いがけずタリーが起きてきた。ふんわりしたピンクの部屋着を羽織った姿が、抱きしめたくなるほどかわいい。緑の瞳に眠そうな光を浮かべ、柔らかく豊かな唇にやさしい笑みを浮かべて、タリーはサンダーを見つめた。「相変わらず朝早いのね」

「早朝の飛行機を取ってあるし、夕食の時間には戻ってきたいからね」

「どこへ行くの？」タリーはサンダーの引きしまった端整な顔から視線を離さなかった。

「パリだ」

サンダーの鋭い頬骨に力が入り、官能的な唇の端がこわばるのに気づき、タリーはいぶかしげにたずねた。「何か問題でも？」

サンダーは広い肩をすくめた。「いいや。なぜ？」

「最近、お父さまといさかいでもあった？」緊張の原因はそこだろうかとタリーは考えた。父親に忠実なサンダーは、親子の間に何か問題が生じてもあまり不満を口にしないのだ。

サンダーはため息をついた。「親父はもう事実上引退したようなものだよ。あのときの役員会でぼくが社長信任投票で勝ったことを、今でも決して許していないんだ」

「会社を変革していくにはご両親の支援が必要でしよう。お父さまもいつかわかってくださるわよ」

「根に持つという点ではうちの両親は相当なものだからな」サンダーが苦笑いした。

　確かにそのとおりだわ。サンダーが出かけたあと、タリーはそんな苦い思いを噛みしめた。おなかに初孫がいたときでさえ、父ペトロスと母アイリーンはタリーをヴォラキス家に迎え入れてはくれず、距離をおいて近づこうとしなかった。それは息子のサンダーに対しても同じで、サンダーは両親の息子でありながら、数年前に交通事故で亡くなった兄ティトスの陰に隠れて生きる宿命を永遠に負わされていた。そんな両親の態度にタリーは激怒した。ティトスが倒産の危機に陥れたヴォラキス海運を救ったのはサンダーだと知っていたからだ。

　サンダーがパリへ行っている間、タリーは比較的のんびりと一日を過ごし、クライアントの代理として家具のショールーム巡りなどもした。サンダーは飛行機でパリに到着し、エドゥアール・アーピン弁護士のオフィスで待たされていた。時間が無駄に過ぎていき、ただでさえいらいらしていたサンダーの神経は逆なでされた。そしてようやく弁護士のオフィスに通されたと思ったら、手書きの手紙を一通渡されただけだった。ここに疑問の答えが書いてあるに違いないと思いながらも、サンダーはうんざりした気分だった。

「まったくどうかしている」サンダーは白くきれいに並んだ歯をぐっと噛みしめ、とても理解しがたいと言いたげな表情で、細かい字でぎっしり記された便箋を取り出した。なんでまたオレイアは手紙なんか残したんだ？　だいいち、今どき手紙なんか書く人間がいるのか？

「亡き依頼人の書状をお読みいただければ、何もかもはっきりすると思います」弁護士はそう言うと、オフィスにサンダー一人を残して出ていった。

　うんざりする気持ちを抑え、なんとか気を落ち着けようと長い脚を伸ばして、サンダーはおもむろに手紙を読み始めた。

　読みづらい文字につっかえたとき、思いがけない単語が目に飛び込んできた。赤ちゃん？　なぜいきなり赤ん坊の話が出てくるのかと当惑に眉をひそめ、その近辺の数行を改めて、より注意深く集中して読み直してみる。その文章を目で追ううち、恐ろしい運命が氷のように冷たい指さながらに、サンダーの全身を這(は)い上がってきた。最悪の予想が的中し、サンダーはそれを打ち消すようなうめき声をあげていきなり立ち上がると、オレイアの手紙を投げ捨てた。

うそだ、まさかそんな、信じられない。罠(わな)にかかったねずみのように胸がとどろき、サンダーはその先を読むことができなくなった。結婚生活が破綻(はたん)したあと、ただ一度だけオレイアに慰めを求めたあの日に妊娠した、だと？　自分でも記憶が非常にあいまいだが、仮定として考えてみても、可能性はあると考えざるを得ない。

だが、これほど残酷な神の罰があるだろうか。ぼくはすでに子どもを一人失っているのだ。それでもう罰は受けているはずなのに、と、サンダーは懸命に自分を慰めようとした。妻以外の女性とのたった一夜の過ちに対して、子どもなどという手痛いしっぺ返しを食らうなんて、こんなひどい話が認められるものか。タリーは、これを認めも許しもしないに違いない。ぼくは過ちを犯したが、すぐそれに気づき、精いっぱい誠意を持って過ちを正す努力をした。それでもなお、あの一夜のことはぼくの良心をずっと苦しめてきた。

なのに、もう取り返しのつかない今になって、オレイアがあの夜妊娠し、それをずっと隠していたと知らされるなんて。生まれたのは女の子だったらしい。だが、その子はどうなったんだ？　ぎゅっと縮こまったような肺で荒い息をつき、額に細かい汗の粒を浮かせて、サンダーは再び手紙に目を落とし、その重要な答えを知るべく、さっきよりかなりスピードを上げて先を読み進めた。

オレイアは娘をリリと名づけ、サンダーの予想に反し、すぐに養子には出さなかったようだ。あの自由気ままで遊び好きだったオレイアが自分から進んでシングルマザーの重責を担うとは、およそ想像もつかないが、どうやらそうらしい。

　自分が赤ん坊の父親であるという突然の知らせにショックを受けるであろうサンダーの反応を見越し、オレイアは、信頼のおけるフランスのDNA検査機関にリリの毛髪サンプルを預けてあること、気のすむまで親子関係の検査をすればいいということも手紙に記していた。わざわざそんな手配までしてあるのなら、ぼくがその子の父親であることに疑いの余地はないのだろう。サンダーは手紙を折りたたんでポケットに突っこんだ。今知らされたばかりの事実を自分なりに受け入れないかぎり、続きは読めない。知らないうちに父親になっていたなんて、そんなことがあるだろうか。オレイアとの間に子どもができていたなんて。サンダーの全身をショックと驚愕(きょうがく)が電流のように走り、呆然(ぼうぜん)とした目で窓際に立ちすくんでいると、アーピン弁護士が戻ってくるのが見えた。

　てきぱきと明確な弁護士の説明を聞いて、サンダーはようやく、自分がこれほど急に呼びつけられた理由を知った。母親を亡くした今、四カ月になる娘リリの法定後見人はサンダーだという。リリとの親子鑑定をするかどうかはサンダー個人の自由だが、その結果がどうあれ、オレイアの娘リリの保護養育の公的な責任者がサンダーであるという事実は変わらないようだ。

　オレイアの死の原因をより詳しくアーピン弁護士にたずねたサンダーは、話を聞いて暗澹(あんたん)たる気持ちになった。遊び歩いていた生活がたたって体内の免疫力が低下し、肺炎をこじらせて亡くなったらしい。さらに、今リリの世話をしている乳母がすでに契約解除通知書を提出しており、現在のままの生活環境を継続することはできないという。とにかく、早く決断せねばならないのだ。

かつて父親になる責任を喜んで引き受けようとしなかったことに対し、子どもの死産という大きな代償をすでに支払ったサンダーは、二度と経験したくないと思っていた状況で薄氷を踏む思いだった。タリーはこのぼくに何を期待しているのだろう——そんな疑問が脳裏に浮かぶ。父親になることを尻込みしていた、そんなサンダーの態度が二人の結婚生活に最初のひびが入った原因であり、夫としてのサンダーへの信頼を失うきっかけとなったことはわかっている。結局のところ、タリーはどうしようもない父親像をアナトール・カリダスに見ており、そのせいで、男がいい父親になれるかどうかを何よりも重要視しているのだ。そんな痛切な事実に、結婚当初から気づいていればよかったのだが。

アーピン弁護士のオフィスを出て十分もたたないうちに、サンダーは手紙にあったDNA検査機関に向かっていた。とにかく必要な手続きはさっさと片付けるに限る。唾液を取るだけの検査はあっという間に終わった。次にオレイアのマンションを訪ねると、スゼットという名のやせっぽちでしかめっ面をした金髪の乳母が出迎え、サンダーが玄関ホールに入らないうちから機関銃のように文句を並べ立てた。

「とても世話しきれません。寝ないし食べないし、ずっとかきむしりつづけで。新しい乳母はいつ来るんですか？」そんな苦情の後ろで赤ん坊がひっきりなしに泣き声をあげていた。世にも哀れな甲高い泣き声がサンダーの耳に突き刺さる。サンダーは眉根を寄せ、苦しい顔で、代わりの乳母はまだ手配していないがすぐに探すと答えた。代わりが決まるまでいてくれるなら給料をはずもうとも申し出た。不満に唇をゆがめていたスゼットは笑みを浮かべ、とにかくまず子ども部屋をのぞいてくださいと言った。

あまりにもすさまじい泣き声に、大勢の赤ん坊が一列に並んでいっせいに泣きわめいているのかと思いきや、部屋の中央に置かれたベビーベッドには小さな赤ん坊が一人寝ているだけだった。リリは見るからに哀れな子だった。真っ赤な顔はひどく腫れ上がり、月齢のわりに小さい手足は大きすぎるベビー服の中に隠れてしまっている。見た瞬間わが子だと思えるような直感も絆も感じなかった。思わず逃げ出したくなるような泣き声に耐え、サンダーはその場にとどまった。

ふいに、生まれて最初の呼吸すらできなかった息子のことを思い出し、悲しみに胸がつまった。すでに失われた命をつなぎ止めようと医師たちが必死に処置をしていた、あのいまわしい時間がよみがえる。なんでもいい、何か声を発してくれと待ちこがれた恐ろしいほどの沈黙が、やがてタリーの号泣で引き裂かれたあの日。タリーのために自分は強くあろうと、一緒になって泣いたりはするまいと自分に言い聞かせながらも、自分が父親になることに乗り気でなかったせいでこんな悲劇を招いたのではないかと、そんな突拍子もないことを考えていたあのころ。

「リリはいつもこんなにひどく泣くのか？」サンダーは無表情でたずねた。

「ええ……いつもです」乳母はぐったり疲れた様子で答えた。「わたしも全然眠れなくて」

それ以上好意的な返事は引き出せないと見るや、サンダーは具体的な質問に移った。慎重に、リリが生まれてから今日までの様子をたずねるうち、サンダーの表情が深刻になった。この子はロンドンへ連れていくしかないだろう。パリのマンションは引き払い、オレイアの荷物はひとまずどこかへ保管しておいて、いずれ誰かに整理してもらおう。少なくとも子ども部屋よりは静かな玄関ホールに戻ると、サンダーはロンドンの個人秘書に、ついでアーピン弁護士に電話をかけ、いつもの彼らしく、てきぱきと判断し指示を出していった。ロンドンの人材派遣業者に連絡を取り、リリのために確保したホテルのスイートルームに最高クラスの乳母を手配するよう約束を取りつけた。この判断にはほかにあれこれ考える余地などまったくない。リリの世話をするためにはロンドンへ連れ帰らねばならないが、かといって、タリーの待つ家へは連れて帰れない。それだけは動かしがたい事実だった。

「わたしもロンドンまでつき添って、後任の乳母に引き継ぎます」スゼットがしぶしぶ言った。

そのころにはリリは泣き疲れて眠っていた。サンダーは眠る赤ん坊を見下ろして考えこんだ。リリの顔立ちにはヴォラキス家の特徴はまったくなく、サンダー自身も何も感じなかった。この哀れなやせっぽちの赤ん坊がぼくの子、血をわけた娘なのだろうか？　良心がちくちく痛み、自分に腹が立ってくる。何か感じるべきではないのか？　それとも、ショックで感情が凍りついてしまっているのか。最後にもう一つ、パリですることがあった。サンダーはオレイアが大好きだった緋色(ひいろ)の華やかな蘭(らん)を買い、墓前に供えた。自分にタリーの半分でも誠意があればと初めて思ったが、いくら祈っても安らぎは訪れなかった。起きてしまったことは仕方がない。あとから何を言っても思っても、その事実は変えようがないのだ。

サンダーがその夜電話し、ロンドンへ戻るのは明日になると言ったとき、タリーはさほど驚かなかった。気もそぞろな彼の口ぶりに、きっとまだ仕事中なのだろうと思った。だが、その三十分後にかかってきた電話には驚いた。もう二年以上連絡もなかった異母妹のコジマからだったのだ。婚外子の姉から距離をおきたい一心で、タリーの結婚式にさえ顔を見せなかった妹だ。父アナトールとギリシア人の妻との間に生まれたコジマは、自分とは別の場所で、自分よりずっと恵まれない環境で生まれ育った異母姉タリーの存在すら認めようとはしなかった。

「驚いたわ、コジマ……」思わず声が上ずった。

「ごめんね、ずっと連絡もしないで……いろいろと忙しくて、ほら、わかるでしょう……」

「いいのよ、そんなこと」久しぶりにコジマの声が聞けてタリーはほっとしていた。

「ねえ、明日あいてる？　一緒にランチを食べない？　どうしても会いたいのよ！」

コジマの熱心な誘いをうれしく思いながらも、ずっと音信不通だったくせにと皮肉な笑みを浮かべ、タリーは仕事の打ち合わせを調節して時間を作ると約束した。予想どおり、コジマは遅れてきた。レストランの店内を横切ってくるコジマのすらりとした肢体を、客たちの熱い視線が追う。つややかな黒髪に輝く黒い瞳のコジマは本当にきれいな娘なのだ。

「サンダーのところに戻ったんですってね」ワイングラス越しにコジマが言った。「まあ、当然よね。彼、すてきだもの」

二人の和解をコジマが素直に認めてくれたことがうれしく、タリーは頬を染めてほほえんだ。「今でもあの人といると胸がどきどき波立っちゃうの」

「波立つか……ヴォラキス海運だものね！　よかった、あなたがユーモアのセンスをなくしてなくて」そんなことを言いながらも、コジマはどこかぴりぴりした表情だ。「ちょっと小耳にはさんだことがあって、あなたに確認しておこうと思って。でも最初に約束してね、わたしがこの話をしたことはパパには言わないって」

タリーが眉をひそめた。「ええ、約束するわ」

「でも、前のことがあるからなあ」コジマが恨めしげに言う。

タリーはその言葉を黙って受け止めた。以前、ウエストグレイヴ・マナーに二人が週末に招待されたとき、コジマのためを思ってではあるが、彼女の悪い所業を父に告げ口したことを言っているのだ。

「あのときはあなたもまだ子どもだったし」

コジマは顔をしかめ、恥ずかしそうに答えた。

「どうかしていたわ、あのパーティであなたの飲み物に睡眠薬を入れるなんて。ごめんなさい。あのときはちゃんと謝る勇気がなかったの」

「もう昔のことよ」タリーがなだめるように言った。

コジマはつらそうな目でタリーを見た。「そんなふうに言われると話しづらいわ、最近小耳にはさんだことなんだけど……」

「いったいなんの話かしら。さっぱりわからないわ」

「でしょう? だからよけいに話しづらいのよ」コジマが言い返す。

「最初から話してみたら? それがいちばんよ」

「むかしむかし……」コジマはおどけた調子で話し始めたが、その目は苦しげで、タリーと目を合わせようとしない。「とてもきれいな女の子がいました。名前はオレイア……オレイア・テリス」

その名前を何年かぶりに聞かされ、タリーの頬から少しずつ血の気が引き始めた。ショックに瞳が揺れる。「彼女とのことは聞いているわ」

「じゃあ知ってるのね、オレイアとサンダーが――」

「ティーンエイジャーのころつき合っていたってことでしょう?」タリーがぴしゃりとさえぎった。なぜコジマは、今ごろになってそんな昔の不愉快な話を蒸し返すのだろう。

「アテネで噂(うわさ)を聞いたのよ、二人は最近、昔よりもずっと親しくしているって」コジマは心配そうに声を落とした。「あなたに知らせなきゃと思ったの。驚かすつもりはなかったけど、みんなが陰でこそこ噂しているのに、あなただけが何も知らないなんて許されないもの」

コジマのあけすけな物言いにタリーは顔をしかめた。「わたしだって何も知らないわけじゃないわよ。オレイアとは一度会ったこともあるけど、忘れられない体験だったわ。サンダーを取り戻すためなら何でもするという感じだったから、そんな噂を聞いてもべつに驚かないわ」

「ただの噂じゃないのよ。子どもができているという話まであるの」コジマが声をひそめて言った。

「子ども?」タリーはぎょっとしてコジマの顔を見つめ返し、信じられないとばかりに目を見開いた。「サンダーとオレイアの間に? そんなばかな。子どもなんかいるわけがないじゃない!」

「断言できる?」

タリーの緑の瞳に怒りの火花が散った。「あたりまえよ。どこでそんなばかげた話を聞いたの?」

「パパがママと話していたのよ。言っておくけど、パパも本当かどうかは知らないって。あなたにも、ほかの誰にも絶対に言うなと釘を刺されたわ」コジマは顔をしかめて打ち明けた。「わたしが二人の会話を盗み聞きしたって、ひどく怒られちゃった」

また新たなショックに、タリーの胸の鼓動は耳を聾さんばかりに響き、このまま止まって二度と動き出さないかとさえ思えた。情報源は、ギリシア社会のあらゆる内密な情報に通じているはずの父アナトールだというのが気になって仕方ない。別居していた間のサンダーの行動については何も知らないが、まさかオレイアとの間に子どもを作ろうなどというつもりはなかったはずだ。それに、かつての恋人オレイアに対するサンダーの苦い感情を考えれば、まさか彼女とよりを戻すとは思えない。

コジマはたちの悪い噂を口にしているだけで、そんなばかな話をまともに信じることなどできないわ、そとタリーは自分に言い聞かせた。オレイアがサンダーに執着していることを知っていた誰かが、サンダーが初めての子どもを死産で亡くしたことと結びつけて悪意のある作り話をこしらえたのだ。それしかありえない。これほど不愉快なゴシップを耳にしたのは初めてだ。

「わたしがあなたの立場なら、きっと知りたいと思って」黙り込んでしまったタリーに、コジマはきまり悪げに言った。「ねえ、タリー、黙っていたほうがよかった?」

ただのくだらない噂よ、気にすることないわとコジマに言い聞かせながら、自分の声のうつろさに気づかれませんようにとタリーは願った。懸命に平気なふりをしつつ、おなかがすいたわと言って軽食を注文したが、もうすっかり食欲をなくして料理を皿の端に押しやるばかりなのを、新しい恋人の話に夢中なコジマに気づかれませんようにと祈った。

独身時代は常にゴシップに追いかけられていたサンダーのことだから、子どものことまで噂にすればいっそうドラマチックなスキャンダルになるとコジマは踏んだのだろう。とはいえ、サンダーがあのギリシア人美女とばったり再会する可能性はゼロではないし、二人の間で恋の炎が再燃する可能性だってある。こぶしが白くなるまで握りしめたグラスを盾のように掲げ、タリーはワインをひと口飲んで悩ましげにサンダーのことを考えた。ときどき自分でも怖くなるほど、すべてを燃やし尽くすほどに愛している人のことを。

ときどき思いがけない無鉄砲をやってのけるサンダーの、その考えや行動を予測することなどできはしない。燃えさかる炎の上に灯油をまくような激しい気性の人だから……。

6

ロンドンへ戻る自家用ジェットの機内で、サンダーの前に早めの夕食がおかれた。刑の執行を控えて最後の食事を供された死刑囚のような気分で、サンダーは手もつけずにトレーを押しやった。

リリは飛行機の中でもずっと泣きどおしで、その存在を主張していた。乳母や乗務員がみんなであやしてもまったく効果はなく、あれこれと話しかける言葉もすぐに尽きた。どんなに抱っこして揺すってもミルクやおやつを与えても、リリはただ泣きつづけるばかりだった。サンダーは一度医師に診せ、乳母ももっと面倒見のいい女性を見つけなければと考えた。リリは母親のかわいい外見は受け継いでおらず、世話してくれる者にもおかまいなしに絶え間なく泣きつづけるから、どんなに熱心な乳母でも堪忍袋の緒が切れるに違いない。だが、リリのためにできるかぎりのことをするのが自分の務めだと、サンダーは険しい顔で考えた。

タリーは絶対に許してはくれないだろう。

そんな思いが両刃の剣（つるぎ）のように頭を貫き、彼を現実へと引き戻す。サンダーは震える息を吸いこみ、ヴィンテージものの香りを楽しむ余裕もなく、またウイスキーをあおった。誰か別の人間から聞かされる前に、自分の口からリリのことをタリーに伝えなければ。リリの存在が明るみに出たら、ゴシップ記者、そして友人たちまでもが、あれこれ勝手な憶測を働かせるに決まっている。だが、どう話せばいいのだろう。自分たちの子どもを亡くしたあと、別の女性との間に子どもができていた、などという話を。あまりに残酷すぎるが、かといって黙っているわけにもいかない。どうしても避けられない道なのだ。これほど常識を逸脱した話を伝えるのに適切な言葉などない、とサンダーは重い心で悟った。

その日の午後、タリーはサンダーの帰宅に合わせてきれいな服に着替えようと、がんばって仕事を早く切り上げた。ティーンエイジャーのころは、男性のためにわざわざ着飾るなんてみっともないと軽蔑(けいべつ)していた。けれども、セクシーなランジェリーや露出度の高い服を着た姿を見せるとサンダーの目が欲望に燃えるのを結婚生活の中で学び、女としての力を実感して、自分でも楽しかった。そして、ちらりとひと目見られるだけで胸がときめくような男性のそばにいると、こちらも相手に影響を与えているという対等な感じがうれしかった。

もちろん、おこした炎はきちんと消さなきゃ、と頬を染めながら、タリーはストレッチのきいた紫の生地が胸とヒップのふくらみを際立たせるドレスを選び、ベルベットのオープントウのピンヒールをはいた。コジマから聞いた話が胸の檻(おり)の中で暴れまわり、不安をかき立てる。オレイアのような肉食系の美女が手ぐすね引いてサンダーのすきを狙(ねら)っているのだと、もっとしっかり自覚しておくべきだった。サンダーはとても魅力的で裕福な男性だし、結婚指輪に誓った約束も別居と同時に反故(ほご)になっているのだから。今となってはもう何もあてにはできない。信頼の絆(きずな)を再び築くには時間と努力が必要だ。サンダーをどこかへ隠しておくわけにはいかない以上、とにかく彼が二人の結婚生活を大切に思い、尊重してくれることを祈るばかりだ。

家に着いたとき、サンダーはどんなふうに話を始めるか決めていた――いや、そのつもりだったのだが、寝室に入るとタリーがハイヒールをはいた片足を椅子にのせ、淡水真珠のようにつややかな絹のストッキングを直していた。サンダーはストッキングとサスペンダー姿の女性が大好きだが、タリーははき心地が悪いと言ってめったにはいてくれない。太腿の間にちらりとのぞく薄い生地が目に入った瞬間、下半身がかっと熱く反応し、頭の中に欲望が渦巻いてぼうっとなってきた。彼女が誘っていることはわかっていながら、今は触れてはいけないというジレンマに、思わずうめき声がもれた。だが、あの話をしてしまったら最後、もう二度とタリーには触れられないこともわかっている。どうしたらいいんだ――体が二つに引き裂かれそうだった。

「サンダー……もっと帰りが遅いかと思っていたわ」

あからさまな賞賛をたたえたサンダーの熱い視線を感じた瞬間、タリーの下腹部にも熱いうずきが走った。サンダーは部屋の入口に立ったままタリーをじっと見つめている。そしてもどかしげにドアを大きく開き、寝室に入ると腰をひねってドアを閉めた。デザイナーズスーツに包まれたたくましい肉体と浅黒く引きしまった顔、獲物を狙う激しさに満ちた瞳。全身に男の魅力があふれている。いっときも外されることのないサンダーの視線に、タリーは思わず身震いした。その端整な美しさは鳥肌が立つほどで、胸の鼓動が激しくとどろく。なぜオレイアが彼をあきらめようとしなかったのかよくわかる。わたしも絶対にこの人から離れたくない――何があっても。

「飛行機が予定より早く離陸できたから……ストッキングがすてきだよ」サンダーはしゃがれ声で言うと立ち止まり、タリーが下ろした脚をもう一度椅子にのせた。「さっきこうして立っていた姿がすばらしかった。まるでぼくの夢が形になったみたいだった」

指先で太腿をなぞられ、タリーは震えた。ラズベリー色の唇をわずかに開いて見上げると、サンダーが顔を近づけ、激しくむさぼるように唇を合わせてきた。もっと深く唇を重ねたいと、タリーは片手を黒髪に食い込ませ、彼の頭を引き寄せた。サンダーがもう待ちきれないとばかりにキスを繰り返しながらタリーの脚に長い指を這わせ、ドレスの裾をまくり上げていく。ショーツがむき出しになっているのを感じながら恥ずかしさも忘れ、タリーの体に警報が鳴り響いた。最も感じやすい部分を指先がかすめた瞬間、呼吸も時間も止まった。サンダーはその敏感な小さな芽に指で触れながら唇を離し、タリーがせつない声をあげて彼の手に体を押しつけるさまをじっと見つめた。

「きみが欲しい。欲しくてたまらないよ」サンダーは低いしゃがれ声でささやき、熱くたぎるタリーの肌から小さなシルクのショーツをずらすと自分もジャケットを脱ぎ、ネクタイをゆるめて膝をついた。小さく抵抗の声をあげるタリーにかまわず、サンダーはそのままショーツを下ろした。熱くうるおった芯の部分に彼の舌が触れた瞬間、タリーの全身に激しい震えが走った。サンダーは両手で太腿を後ろからとらえ、やさしく、だが揺るぎない手つきでベッドへと下ろしていった。

仰向けに寝かされたタリーは恥ずかしさも忘れて両脚を開き、両手でベッドのシーツをつかんだ。サンダーに唇と舌で愛撫され、苦しげなあえぎ声がもれる。震える全身に熱いうねりが走り、興奮がどんどん高まってくる。体が抑えようもなく震え出し、まるで竜巻のような絶頂に全身が砕け散る。

次の瞬間、まだ快感に震える体をサンダーが深く貫いた。彼女の腕の中で同じように絶頂に達したサンダーに、タリーはたとえようもない歓びを感じた。やがて、あふれる快感の余韻が漂う体をぐったりと預け、タリーはサンダーの胸板に頬をつけて頼もしげな心臓の鼓動を聞いていた。

「自分の人生でただ一つ賢明だったのは、きみと結婚したことだ」呼吸を整えようと大きく息を吸い、サンダーが震える声で言った。

「あら、父に腕をねじ上げられてしぶしぶ祭壇に立ったくせに」タリーは思わずそうからかった。

タリーの上気した顔を熱く見つめたサンダーはその体をきつく抱きしめ、感謝するように額に口づけた。マーマレード色の巻き毛がサンダーの顎をくすぐった。「きみのためにはならなかったかもな」

柄にもなく自分を卑下するような言葉に少し驚きながら、タリーはサンダーのやさしさを味わうように彼の体に腕をまわした。

サンダーはその手をほどいて身を起こし、「シャワーを浴びてくる」と言うなり、そのままベッドから飛び出してバスルームに入った。残酷な現実に再び襲われていた。彼はシャワーを終えると、タオルで髪を拭きながら寝室に戻り、ベッドでうとうとしていたタリーを揺り起こした。

「なあに？」

「服を着て。話があるんだ……ぼくたちのことで」サンダーは改まった口調で言った。

改めて二人のことなど話したこともないサンダーからの珍しい言葉に、タリーは寝ぼけまなこをぱっと開き、片肘をついて眉をひそめた。「話って？」

もう今日の言葉はすべて使い果たしたとでもいうように、サンダーは黙ってうなずいた。緊張に顔がゆがみ、形のいい唇をぎゅっと結んでいる。

タリーの全身に寒気が走った。「何かあったのね」

「きみを抱くべきじゃなかったかもしれない」サンダーが言った。鋭角的な頬骨のラインが暗く際立つ。

「でも、我慢できなかった」

無事役割を終えたストッキングを脱いでいたタリーは不安げにサンダーを見やった。「そんなに深刻な話なの?」

サンダーはタリーの視線を避けた。いつもより顔色が悪い。「ああ、とてもね。下で待っている」

タリーは記録的なスピードでシャワーを浴びながら、サンダーがあれほど顔を曇らせるなんて、いったい何があったのだろうと頭を巡らせた。ふだんは無敵で、普通の人間ならかなりこたえるような大きな不安にもびくともしない人だからこそ、単に大げさに言っているわけではないに違いない。仕事上の問題だろうか。サンダーにとって仕事は何よりも大切だし、何か問題が生じれば、それを自分個人の失敗と考えて思いつめるような人だ。お父さまと決裂したのかしら? やむなく別の道を歩むことになったとか?

もしヴォラキス海運を去らねばならないのなら、これまでのようなお金の使い方も考え直す必要がある。タリーは贅沢なものに囲まれた室内を悲しげに見まわした。サンダーはプライドの高い人だから、家計を切りつめるのは屈辱だと考えるだろう。けれどもわたしは家計の苦しい母子家庭に生まれ、むなしい夢ばかり見ている頼りない母のもとで育ったから、つつましい生活になっても平気だ。もちろん、日々の支払いには困らない程度であってほしいが。

居間でサンダーはもう一杯酒が欲しいと思ったが、ぐっとこらえた。今は酒の力を借りるときではない。帰りの機内で飲んだ大量のアルコールのせいで、すでに判断力が鈍ってしまっているのだ。それ以外にさっきまでの寝室での所業をどう説明する? もっと自制すべきだった。後先考えずに突っ走る軽率さには自分でもあきれる。もともとまずい状況をさらに悪化させたようなものだ。

サンダーの緊張をよそにリラックスした態度でタリーが入ってきた。さっきまでの行為の余韻でまだ髪が乱れ、上気した頬が美しい。体にぴったりした紫のドレスが美しい曲線を強調していて、セクシーだ。緑の瞳がきらきら輝いている。後悔がまるで冬の氷のようにサンダーの心を切り裂き、凍傷を負わせた。モロッコでせっかくよみがえった二人の間の炎が、この告白で消えてしまうことは間違いない。

「話さなきゃならないことがあるんだ」サンダーはそう言うと息を吸い、単刀直入に切り出そうと身がまえた。

まるで銃殺隊に相対するようなサンダーを見た瞬間、楽天的にかまえていたタリーは間違いに気づいた。サンダーのたくましい長身全体から、生々しいまでの緊張が伝わってくる。「さあ、何かしら」タリーは不安げにつぶやいた。「ときには言わないほうがいいこともあると思うけど」

「別居してまもなく、ぼくはオレイア・テリスとベッドをともにした」サンダーが冷たい声で言った。

タリーは予想外のパンチを食らったような気分だった。懸命に平気なふりをしながらも、内心ではたじろぎ、頬から血の気が引いていく。コジマから噂を聞いたとき、火のないところに煙は立たないとも思った。けれども、それ以上深く考えまいと、そのほうが楽だと思い直した。サンダーと、かつて愛し、そして別れた女性との間に何があろうと、知らないままでいたほうがいいと。

妖精のように華奢なブルネットの面影が頭に浮かぶ。そう、オレイア・テリスは、どんな男性でも思わず振り返るような女らしい魅力と完璧な美貌の持ち主だった。サンダーとオレイアがベッドをともにしたと考えただけで、タリーは吐き気に襲われた。想像するまい、考えまいとしても、苦い思いが容赦なく波のように襲ってくる。よりによって、なぜオレイアを相手に選んだのだろう。わたしがいちばん許したくない人を。サンダーとオレイアのゆがんだ関係をよく知っているわたしは、彼がオレイアとわかち合った思い出がどれも意味のある、忘れがたいものだということをよくわかっているのに。

「ロンドンのパーティ会場で偶然会ったんだよ。ぼくたちには……共通の友だちがたくさんいるから」サンダーはのろのろと先を続けた。「ひと晩だけだったんだ、タリー。この過ちの責任はぼくにある」

「過ち？」その言葉の選び方が納得できず、タリーは思わずささくれた笑い声をあげた。

「ああ、とても後悔している」サンダーがぶっきらぼうに続けた。「よりによっていちばんかかわってはいけない相手だったのに」

ナイフのように鋭いタリーの視線がサンダーの視線とぶつかった。「じゃあなぜ？」

どうして自分がオレイアの腕に飛び込んでしまったのか、サンダーにはよくわかっていた。とても単純なことだ。だが今は、本能的な男の衝動とでもいうべきその理由をタリーに話しても意味がない。これ以上細々と説明すれば、あの夜のことが必要以上に重みを増していくだけだ。

「きみがぼくを残してフランスを去っていったころ、ぼくの人生は結婚生活を中心にまわっていた。結婚している男、きみの夫として生きていた。そんな人生の枠組みを失って、なんだか……変な気分だった」サンダーは顔をしかめた。「話し相手が欲しかったし、何とか気を紛らわしたかった。酒もずいぶん飲んだし……オレイアと再会したあの週末も飲んだくれていた」まるで一斉射撃の銃弾のように、サンダーの口から次々と言葉が飛び出した。「あの夜のことはほとんど何も覚えていないんだ」

「ずいぶん都合がいいのね」タリーはそっけなく言いながら、飲んだくれて無防備なサンダーが、オレイアの計算高く卑劣な毒牙にかかるさまを思い浮かべまいと努めた。まるで自分がこの手で夫をほかの女性に――彼を取り戻したいと手ぐすね引いていた女性に渡してしまったかのように思えて、ひどく責任を感じていた。

サンダーはそんなタリーを静かに見つめた。「都合がよく聞こえるかもしれないが、事実なんだ」

「結婚前にあなたは言ったわ。もう二度とオレイアとかかわることはない、ほかの男と関係を持った彼女を許すことはできない、と」タリーが冷たく返した。「だから、あなたが彼女とよりを戻したと聞いて驚いたの」

「何から何までぼくが間違っていた。翌朝酔いがさめて自分のしたことに気づいたとき、そのことを初めて思い知ったんだ。オレイアはぼくたちの結婚が破綻したことを知っていて……たぶん……あわよくば、と思ったんだろうな」

「とてもすてきね、もてもてで」冷たく答えながらもタリーの胸は痛んだ。なぜ自分がオレイア・テリスをライバルとして最も恐れていたかを思い出したのだ。オレイアがほかの男性と関係を持ってサンダーを裏切ったのは事実だ。けれど、意外に思えることだが、オレイアがサンダーを愛していたのも事実なのだ。彼女は自分の過ちを悔い、何年たってもなんとかサンダーを取り戻したいと必死だった。

「いいや、みじめな体験だったよ」浅黒く端整な顔になんの表情も浮かべず、サンダーは淡々と答えた。「当時どんなにつらかったとしても、オレイアとはかかわるべきじゃなかった」

やはり彼はオレイアとベッドをともにし、昔の恋人にはこれ以上何も与えられないという罪悪感で、再び彼女のもとを去ったのだ。二人を結びつけたものは性欲か、あるいは性欲とアルコールが一緒になって燃え上がったものか。たとえそうであれ、二人の親密な姿を思い浮かべただけで胸が痛む。あのオレイアはついに望みをかなえ、たったひと晩だけでもサンダーを取り戻した。待って、ひと晩だけという言葉を信じていいの？

「しかも、ぼくの過ちの余波はそれだけでは終わらなかった」サンダーが歯を食いしばるように言った。タリーをじっと見つめる瞳には肌で感じるほどの緊張が浮かび、その表情も硬く引きつっている。「オレイアは妊娠し、四カ月前に子どもを産んだんだ」

　その言葉とともに、ぞっとするような沈黙が訪れた。タリーのドレスから露出した肌一面に鳥肌が立った。全身に衝撃が走り、まるで木偶（でく）人形のようにぐったりと力が抜ける。タリーは血の気の失（う）せた唇を開いたまま、今サンダーの言ったことの意味がよくわからないと言いたげに彼を見つめた。「うそよ」

「うそであってほしいが、本当なんだ。昨日パリでDNA鑑定も受けてきた」サンダーの言葉はあまりに生々しく、タリーのさっきまでの願望がむなしい勘違いだったことを示していた。

「子ども？」タリーは弱々しくつぶやいた。上唇に汗が噴き出し、体には力が入らず、くらくらと目まいがしてくる。「オレイアとの間に子どもが？」

　濃いまつげに縁取られたサンダーの瞳が太陽のようにまぶしく光った。「こんなことをぼくが望んだと思うか？　知らない間にこんなことになっていたんだよ！」

7

過呼吸になった人の話は聞いたことがあり、どんな症状が出るのだろうと常々疑問に思っていたけれど、今まさにそれを実感した。頭ががんがんし、肺に酸素を取り入れようと、どんどん呼吸が速く深くなっていく。けれどもめまいと胸の苦しさはひどくなるばかりだ。このままだと気を失って倒れてしまうと、タリーはサンダーの呼び止める声にもかまわず部屋を飛び出した。

胸が激しくとどろき、息づかいも荒く、よろめくようにトイレに入るとドアにもたれ、鏡に映る自分の顔を見つめる。青ざめた顔の中で両目が真っ暗な穴のようだ。まだ衝撃の波は収まらず、体が思うように動かなかった。思いきり叫びたい。苦悶(くもん)、信じられないという怒り、そして痛みといら立ちの叫びが喉いっぱいにつまっている。

なぜ運命はこれほどわたしに残酷なの？　わたしの息子は死んだのに、ほかの女性がサンダーの子どもを無事産んだなんて。そんなの、とても耐えられない。考えるだけでも胸が痛い、ましてやサンダーのそばになどいられない。赤ちゃん。サンダーとオレイアとの赤ちゃんがこの世界に生きているなんて。ふいに吐き気がこみ上げ、タリーはさっき食べたものをトイレに吐いた。この苦しい思いも、同じようにすべて吐き出してしまえればいいのに。

洗面台で口をゆすぎ、顔を洗っていても、涙はとめどなく流れつづけ、信じられないという思いがナイフのように胸をえぐる。手足の指まで完璧(かんぺき)な姿なのに死んで生まれてきた息子のことを思い出した。わたしの体はおなかの子を守ってやれなかった。胎盤が正常に発育しておらず、胎児に必要な酸素や栄養がちゃんと送られていなかったのだ。まったく自覚症状もなく、医師からの警告もなく、陣痛が始まったと思ったら胎児の心拍が確認できず、やがて九カ月間胎内で育(はぐく)んだわが子は産声も立てず死んで生まれてきた。

悪い予感などかけらもなかった。それでもわたしは自分を責め、わが子を守るという最も大事な役割を果たせなかったわが身を恥じた。あなたのせいではない、どうしようもないことなのだと医師は言った。再び妊娠したときには慎重に経過観察を続け、無事生まれてくるように万全の体制で臨むと約束もしてくれた。

けれども、そんなことを言っている間にほかの女性がちゃっかりサンダーの子を産んでいたのだ。息子の死産でわたしの心は粉々に打ち砕かれた。すべてを失って退院すると、世界のすべてが意味のないものになっていた。夫？　結婚？　そんなものどうでもいい。ただ、空っぽになったこの腕に失ったわが子を抱きたいのだ。他人の赤ちゃんを見るのが死ぬほどつらい。心に空いた穴は赤ちゃんの形をしていて、死んだわが子にしか埋められない。タリーはわが子の幻影にとりつかれていた。

子どもが迷子になった悪夢を見ては、泣き声が聞こえるといって部屋から部屋へと狂ったように捜しまわった。毎晩のように悪夢に苦しめられ、そんな苦悩をサンダーには味わわせまいと、タリーはまず夫婦の寝室を出て客用寝室へ移った。わたしが落ち着かなく騒げばあなたがゆっくり休めないから、という理由をつけてはいた。だが本当のところは、サンダーを叩(たた)き起こすことで自分自身では答える勇気のない疑問を忘れ去りたいという衝動を抑えきれなくなってきたからだった。自分はこのまま気が変になってしまうのかと怖くなり、そんな事実を隠したかった。自分が狂いかけていることを知ったら、赤ん坊だけでなくサンダーまで去っていってしまうのではと恐れていた。

　そして今、再び身ごもっているかもと思い始めた今になって、サンダーがオレイアとの間にすでに子どもを作っていたという事実を知らされた。コジマから警告されていた突拍子もない噂は事実だったのだ。こんな悪夢のような現実、とても耐えられない……。

　サンダーがトイレのドアを激しくノックした。

「タリー、頼む。中に入れてくれ！」

「来ないで！」こみ上げる嗚咽をこらえ、タリーはドアに背をつけたまま、ずるずるとタイルの床に座りこんだ。なんとか気持ちを立て直そうと、じっとり汗ばんだ手のひらを冷たいタイルに押しつける。全身が震え、骨までが痛むような気がする。これは悲しみのせいだ――かつてのなじみ深い感覚だからよくわかる。息子を死産で亡くしたことを嘆いていた何カ月もの間、苦悩だけがいちばんの友だった。そんな長く暗いトンネルを抜ける道をやっと見つけ、絶望に背を向けて再び人生をやり直し始めた今、どうしてこんな……。

　あれほど愛していたサンダーがオレイアとの間に子どもを作るなんて。タリーは怒りに小さなこぶしを握りしめた。こぼれそうな涙はどうにかこらえたが、強い酸のような苦痛が胸をいっぱいに満たす。まだ苦しみ足りないというの？　結婚生活を破綻させただけでは不足？　オレイアとサンダーと赤ちゃん。考えただけで体が引き裂かれそうだ。いつかサンダーとそんな家庭を築き上げたいと胸の中でずっと大事にしてきた夢が、この手から奪い取られてしまった。

「タリー……大丈夫か？」

「大丈夫なわけなどないでしょう！」タリーはドア

越しに叫び返した。「よくそんなことがきけるわね」

「ドアを開けるんだ」サンダーの口調が強くなった。

サンダーからも、彼が持ち込んだ爆弾からも逃げているると思われるのだけは耐えられない。タリーは言われたとおりドアを開け、感情を出すまいと顔をこわばらせて外に出た。力を入れすぎて動きがぎくしゃくし、心だけでなく体まで痛めつけられたように、全身の筋肉が痛む。

サンダーはそんなタリーのこわばった両肩に手をおいた。「頼む、ぼくを締め出さないでくれ——」

「あたりまえよ。これはあなたの問題で、わたしは関係ないもの」表向きは冷静な顔で冷たく答えながらも、タリーは心で悲鳴をあげていた。サンダーとオレイアに子どもがいる。サンダーがオレイアの子の父親になった。タリーはいきなりサンダーの手を振り払い、脇をすり抜けて階段へ向かった。

「怒っているんだな」

「帰ってくるなりわたしをベッドへ引きずりこんだのはこのため?」タリーは容赦なく非難の言葉をサンダーに投げつけた。世界を粉々に打ち砕くような告白のわずか三十分前、彼と情熱的に愛し合ったことを思い出すと、怒りがこみ上げてくる。「抱いてやればわたしをなだめられると思った? それとも、したあとのほうが言いやすいとでも思ったの?」

「どんな気持ちだったかなんてわからないよ」サンダーはいら立たしげに両手を広げた。「何も考えていなかった。ただきみが欲しかったんだ。悪かった」

「うそ……悪かったなんて思っていないくせに」タリーは激しく言い返し、足音も荒く階段を上った。もうこれ以上サンダーの顔を見ていられない。「いくら後悔したって許さないわ!」

自分の寝室に駆けこみながらぼんやりと考えた。そうよ、今さら何をしたって取り返しがつかないわ。

わたしに許してもらえる魔法の方法なんかないのよ。父アナトールを見ればわかるように、子どもとは一生かかわっていかねばならないものだし、いったん生まれてきたら、わたしやサンダーの気持ちにかかわらず、無視することなどできないのだ。サンダーには子どもを育てる義務がある。そして、オレイアの意向がどうであれ、オレイアに対しても義務があるのだ。

　タリーは着替え室から小型のボストンバッグを出した。どこへ行こうとしているのか自分でもわからないが、こんな気持ちのままサンダーと一つ屋根の下にはいられない。

　サンダーは部屋の入口で立ち止まり、タリーのさげたバッグを見つめると、動揺した目を上げてタリーの毅然(きぜん)とした顔を見た。「まさか出ていくんじゃ——」

「わたしは自分の好きなようにするわ。あなたと同じようにね」タリーはきっぱりと答え、唇をゆがめた。

「こんな状況になることをぼくが望んでいたとでも思っているのか？」サンダーが訴えかける。

　その言葉にうそはないと気づき、タリーの青ざめた頬がかすかに赤らんだ。もちろん、そんなことを望んでいたはずはない。彼はこの結婚をやり直したいと言っていたのだから。ほかの女性との間に子どもができていたなんて、夫婦が和解するのにこれほど壊滅的な打撃はないだろう。だが、理性でいくら受け入れようとしても、この苦しい気持ちは少しもやわらがなかった。

　タリーは挑むように顎を上げた。「だとしても、こうなったのはあなたの責任よ」

　さまざまな衣類をボストンバッグにつめ込むタリーを暗い目で見つめながら、サンダーは口元をぎゅっと引きしめた。「それは認めるよ。何も弁解するつもりはない」

「どうしても受け入れられないの、オレイアがあなたの子を産んだなんて」言葉に隠しきれない苦悩がにじんだ。苦悩は暗闇のように胸の中にじわじわと広がり、人間らしい温かい気持ちや、感情に流されず考える力を凍りつかせていく。自分を傷つけたサンダーが憎いのと同じくらい、こんなにも混乱し悩み苦しむ自分自身の気持ちが憎くてたまらない。

サンダーはあらゆる感情を締め出し、やっと戻ってきたばかりのタリーが再び出ていってしまうという事実に心を痛めていた。なんと言えばいいのだろう。明敏なはずの頭が、まるで空白のページのように腹立たしいほど真っ白だ。上辺だけの自制心をあざ笑うかのような、こんな経験はほとんどない。野蛮人になってタリーのバッグを奪い取り、鍵をかけてしまってしまいたい。いや、タリー自身をこの家に閉じ込めてしまいたい。だがそれは狂気の沙汰だと理性が押しとどめ、サンダーは両手のこぶしを固く握ったまま、何も言わず何もしなかった。煮えくり返るようないら立ちで息がつまりそうだった。

苦しいほどの静寂の中、タリーはとりあえず今夜は自分のアパートメントへ戻ろうと決めた。誰か話し相手でもいればいいのだが、コジマはまだ若くて経験も少ないし、こんな話に母を巻き込みたくもない。昔は誰よりも信頼していたビンキーも、今は遠く離れたデヴォン州で住みこみで働いており、助けてはもらえない。

「男の子、それとも女の子？」矢も盾もたまらず、そんな言葉がタリーの口から飛び出した。

「女の子だ」サンダーがぶっきらぼうに答えた。

「うそじゃない、子どものことは一昨日までぼく自身もまったく知らなかったんだ。だが、知ってしまったからには、ぼくがめんどうを見なければ」

「もちろんよ」必ずしも本心とは言えないが、まっとうな人間ならそう答えるべきだと思い、タリーはぎこちなくその言葉を口にした。

「今は優秀な乳母を探しているところだ。フランスからついてきた乳母のスゼットは早く帰りたがっているんだが、ロンドンで面接する約束だった乳母が直前で断ってきてね」サンダーが重い口調で言った。「代わりが来るのを待っているんだ」

着替え室のハンガーからジャケットを外していたタリーは驚いて振り向き、寝室をのぞき込んだ。

「あなたが乳母を雇うの？　そんなことまであなたの仕事になってしまったの？」

その瞬間、サンダーは自分がまだすべてを説明していなかったことに気づき、歯をぐっと噛みしめたままゆっくり音をたてて息を吐いた。できるだけ手短に、サンダーはアーピン弁護士からの電話のことと、パリに行ってわかったことを話して聞かせた。

「どうして？　オレイアはまだ若いのに。いったい何があったの？　出産で亡くなったの？」オレイアの死という驚きの知らせに打ちのめされ、タリーは信じられない思いで問いただした。

「いや、もちろん違う。リリは今四カ月だ。フランスの乳母によると、オレイアは酒びたりだったらしい。インフルエンザから肺炎を併発し、病院に運ばれて二十四時間もしないうちに亡くなったそうだ」サンダーが沈鬱な声で言った。「ぼくが知っているのはそれだけだ」

つまり、サンダーは文字どおり赤ん坊を抱えて一人残されたというわけだ。たった今聞いた話をどう受け止めるべきか、タリーは途方にくれた。オレイアは死をもって、サンダーに子どもの全責任を負わせた。遺言を作成したとき、サンダーが子育てになどおよそ興味がないことを知らなかったか、どうでもいいと思っていたのかしら？　それとも、彼以外に頼れる人が誰もいなかったとか――そんなことを考える自分自身の冷淡さにタリーはうろたえた。怒りや恨み、傷心のせいで、わたしはこんなひどい人間になり下がってしまったのだろうか。

「どこへ行くつもりなんだ？」サンダーが唐突にたずねた。怒りのせいか、いつにもましてギリシアなまりが強調され、今にも爆発しそうな雰囲気だ。

「アパートメントに戻るわ……今夜は。とにかく一人になりたいの」タリーはそう言いながら、どこか言い訳がましい自分の口調に顔をしかめた。

「だったらホテルを取るから、そこに泊まればいい」タリーの苦しげな顔をじっと見つめてサンダーが提案した。

「いいえ、アパートメントのほうがいいの」タリーはバッグを手に正面玄関へ向かった。

「頼む、行かないでくれ」

タリーはのろのろと振り向いた。サンダーは誇り高い顔を上げ、こわばった表情で、話を聞けとばかりに見つめている。

「ここにはいられないわ」タリーも頑として譲らなかった。

「だったら車で送っていくよ」

ここは言うことを聞いておいたほうがいいと、タリーも折れた。だが車の中の空気は息苦しいほどぴりぴりしていた。赤ちゃんはリリというのね。考えただけで胸が痛くなる。怖くなるほどの魅力の持ち主だったオレイアは死に、大変な遺産を残していった。かけがえのない遺産――ピンキーならきっとそう呼んだだろう。子どもはすべて神様の贈り物よ、そう思って大切にしなきゃ、と。幼くして母親を亡くした罪もない赤ちゃんを憎めるわけがない。わたしは人への思いやりもなくしてしまったの？

革の匂(にお)いのする快適なフェラーリの座席で、タリーはサンダーの横顔を盗み見た。男らしい顔に似つかわしくない長いまつげが鋭角的な頬骨に影を落としている。深く落ちくぼんだ暗いまなざしがこちらに向けられ、タリーの目を見つめた。タリーはやけどでもしたようにあわてて目を伏せ、ハンドルを握る形のいい手に視線を移した。ほんの一時間前、この長く浅黒い指がわたしの体を愛撫し、絶頂へ導いた。そんな記憶に思わず顔がかっと熱くなり、下腹部のあたりが締めつけられる。

「今夜は一人でいちゃいけない」サンダーが言った。

「あなたといるよりはましよ」タリーは弱々しくつぶやいた。思いがとりとめもなくあちこちへとさまよい、自分でも情けなくなる。

「きみを抱くべきじゃなかった」サンダーが何かに突き動かされるように低い声で言った。「でも、計算してやったことじゃない。我慢できなかったんだ」

「オレイアのときもそうだったの？」侮蔑をこめた言葉が口から出た瞬間、タリーはそれを取り消したくなった。自分でも軽蔑したくなる心のうちを見せてしまうような言葉がこれ以上もれないようにと、タリーは歯を食いしばった。

オレイアが亡くなったからといって、裏切られたわたしの苦しみが薄れることはない。オレイアはかつてサンダーの愛を受けた。わたし自身が夫としてのサンダーから得たものより、愛のほうがずっと深く長く続く感情だ。比較するだけでも心が傷つく。サンダーはわたしと楽しそうに過ごし、ベッドでのわたしはすばらしいと言ってくれた。でも、それではただのセックスの相手だ。そんな苦しみに心をさいなまれているうえ、オレイアが赤ちゃんを産んでいたという事実は考えるだけで耐えがたかった。タリーは赤ちゃんの存在を心の奥深く、手の届かないところへ押しやった。忘れてしまいたい。サンダーが打ち明けてくれなければよかったのに。わたしだって悪い人間じゃない、ただ弱いだけよ、とタリーは下手な慰めを自分自身に言い聞かせた。

アパートメントのあるブロックまで来ると、サンダーはさっと車を降りてタリーのバッグを下ろした。フェラーリの低いボンネット越しに、タリーはうっかりサンダーとまともに見つめ合ってしまった。こうして見ると、まぎれもなくヴォラキス海運のCEOで、莫大（ばくだい）な富と影響力を有する世界的な実業家の顔だ。すっくと立ったその長身、浅黒く引きしまった顔の筋肉に力がみなぎっている。

「この問題には二人で対処しなければ。ぼくたちはまだ夫婦なんだから、ぼくの妻（イネカ・ムー）よ」サンダーは自信たっぷりにそう宣言し、気が進まない様子でタリーにバッグを手渡した。

「こんな水と油のような関係でも？」タリーはかっとなって言い返した。どこからともなく怒りが生まれ、今にもあふれ出しそうな溶岩のように体を突き上げてくる。タリーは鋭い目でサンダーをにらんだ。

「それから、その呼び方はやめて。わたしがあなたの妻だということを思い出させないで。自慢できることでもないのに！」

サンダーの表情豊かな瞳にも怒りの炎が燃えた。

「侮辱は許さない。ぼくは精いっぱい率直にきみに接してきたつもりだ。だが、忘れないでくれ。きみが去年家を出ていきさえしなければ、オレイアとの子が生まれることなどなかったんだ！」

痛いところを突かれ、タリーは車のドアを乱暴に閉めた。その反撃は事実なだけに黙殺もできないが、自業自得だとは思いたくない。サンダーの非難の言葉に腹を立て、タリーは振り返りもせず足早に車を離れた。アパートメントのドアを閉め、もう自分の顔を彼に見られずにすむとわかっていても、タリーは落ち着き場所が見つからない亡霊のように狭苦しい家の中を歩きまわらずにはいられなかった。何か食べなければと思うが食欲がなく、暗くなるとベッドにもぐりこんで眠ろうとした。眠りだけが心を癒してくれる。少なくとも眠っている間だけは、よけいなことを考えずにすむ。

けれども、運命はさらにもう一つ、タリーに罰を用意していた。泣き声を聞きながら迷子になった息子を捜しつづけるという悪夢はもうしばらく見ていなかったのに、その晩はまた悪い夢を見た。しかも今回は結末が違い、赤ん坊が泣いている子ども部屋を見つけて駆けこむと、ベビーベッドに寝ているのは見たこともない赤ん坊だったという恐ろしい夢だ。ショックのあまり飛び起きると、汗ばんだ肌にシーツが張りついていた。ぶるぶると手が震え、サイドテーブルの明かりをつけるのもひと苦労だった。こんないやな夢を見るのも、この頭を悩ませるあの苦しみのせいだ。サンダーからリリという娘の存在を知らされたせいで変わった悪夢の結末に、また新たに侮辱された思いだった。タリーは早めにベッドを出てシャワーを浴び、スタッフたちよりずっと早くオフィスに出勤した。

八時三十分に携帯電話が鳴った。「今日の『デイリー・グローブ』にリリの記事が載っている」サンダーが苦々しげに言った。「誰かが軽率に口をすべらせたらしい。今日はきみのところにもパパラッチどもが押し寄せるぞ」

タリーのこわばった顔が凍りついた。「なんとかするわ――」

「無駄な努力はやめたほうがいい。騒ぎが収まるまでロンドンを出るんだ」

「冗談じゃないわ。わたしだって仕事があるのよ」タリーはパソコンで新聞のネット版を検索しながら冷たく言い返した。

「きみのオフィスに警備チームを派遣した。悪いことは言わないから――」

「いやよ」タリーが厳しい声でさえぎった。

「大騒ぎになる前に、警備チームの手を借りて抜け出すんだ。この手のニュースとなると、ゴシップ誌はエスカレートするから」

「だったら、そんな連中にたかられないような生き方をしたら?」タリーが皮肉っぽく言い返した。

「わたしはそんなものとは無縁よ」

「ぼくと結婚したのが不運だったということだな」サンダーが自嘲気味にあとを続けた。

新聞のウェブサイトにログインすると、いきなり見出しが目に飛びこんできた。〝十億ポンドの赤ちゃん!〟見出しの隣には派手めのブロンドの女性がロンドンの有名ホテルにベビーシートを運びこむ姿と、数歩後ろのサンダーのたくましい長身の写真が載っている。赤ちゃんの顔は見えない。心臓が口から飛び出しそうな思いで、タリーは記事をクリックし読み始めた。どうやらオレイアには莫大な財産があり、それをすべて、子どもも含めてサンダーに遺したらしい。サンダーのことは〝血気盛んなギリシア海運界の大物〟であり、今は妻との復縁に努めていると書かれている。オレイアとの関係については、〝気まぐれだがけっこう長く続いている〟と名前を伏せた親友の証言がある。暗に、サンダーの結婚後に二人の関係は始まったかのような言いようだ。そんなことを考えてもみなかったタリーは、頭を殴られたようなショックを受けた。

新鮮な空気が吸いたい、ふいにそう感じてショールームのドアをよろめき出た瞬間、カメラのフラッシュが光り、タリーははっと凍りついた。狼狽して顔を上げると記者の一人が、なぜもうご主人と同居していないんですかとつめ寄ってきた。驚いてオフィスに駆け戻ると、アシスタントのベルが手を上げて合図し、受話器を置いて心配そうに言った。「さっきから電話が鳴りっぱなしで……マスコミがあれこれ質問してきて」

「ノーコメントよ、何も話すことはないわ」タリーはどきどきしながら硬い口調でさえぎった。そう言う間にもまた一人、高級そうなカメラを首から下げた男が入ってくる。

「ミセス・ヴォラキスにおききしたいことがあるんですがね」

タリーは背筋をぴんと伸ばし、紅潮した顔で答えた。「答えることは何もありません。お帰りください！」

だがそうこうするすきにも、また誰かがショールームのドアから押し入って大声で叫んだ。「ミセス・ヴォラキス、ご主人とオレイア・テリスとの子どものことはご存じでしたか？」

「今すぐ出ていって、警察を呼ぶわよ！」足を踏張って立ちふさがるベルの脇をすり抜けようと、間延びした顔の若者がもみ合っている。

店内が混乱状態に陥ったころ、サンダーの言っていた警備チームが二人組で到着した。筋骨たくましい巨漢の二人は、騒がしい乱入者たちをいとも簡単につまみ出した。店の外の歩道にもまだまだパパラッチたちが待ちかまえているのに気づいたタリーは、自分でなんとかできるという認識は甘かったかもしれないと思い始めた。

「ジョンソンと申します、ミセス・ヴォラキス。裏口から外へお連れします」

「でも仕事の予定が――」

「今日はお休みされたらどうですか」ベルが顔をしかめて言った。また別のカメラマンが窓をどんどんと叩いていた。「あなたがいなければ記者たちも帰るでしょうし」

「十時にレディ・マーガレットとの約束が――」

「わたしが電話で変更しておきます。あの人だかりをかきわけてここまで来るのは、レディ・マーガレットもおいやでしょうし」

非常に礼儀正しい年配のクライアントを思い浮かべ、タリーも思わずうなずいた。それだけではない。こんな芳しくないスキャンダルが広まればほかのクライアントもいやがるだろうし、仕事上の評判にも傷がつきかねない。タリーはバッグとコートを持ち、警備員について裏口から外に出た。黒い大型車に乗りこんでいると、また一人の男がカメラ片手に路地を駆け寄ってきた。警備員たちは素早く車に乗りこみ、猛スピードで走り出した。うるさい記者たちからようやく逃げられたと安堵（あんど）し、タリーは自宅アパートメントの住所を告げた。

「ご主人のご指示で、新しい別荘のロクスバーン・マナーにお連れすることになっていますが」警備員のジョンソンが言った。

「わたしは自分の家に帰りたいの」タリーはきっぱりと言い返しながら、新しい別荘などいつの間に買ったのだろう、と首をひねった。そんな話は初耳だ。考えてみれば、サンダーとはもう何カ月も別居生活を送っていたのだと改めて思い知らされ、心が揺れる。今さら、なぜこんなに動揺するのだろう。

自宅アパートメントの外にもカメラマンがうろついているのに気づき、激しい怒りがこみ上げてきた。車は再びスピードを上げてその場から離れた。

「やはり予定どおりにさせてもらいます」ジョンソンが言った。

前の晩もよく眠れず、疲れていたタリーには反論する元気もなかった。どこにも行きたくない。ただ、自分の世界を食い荒らすすべての苦しみから逃れ、ひっそりと人目につかない場所へ消えてしまいたい。自分のアパートメントへすら逃げ込めないなんて、これほど不安な気持ちは初めてだ。タリーはバッグから携帯電話を出し、サンダーに電話をかけた。

「二日もすれば騒ぎは収まるよ、かわいい人（グリキア・ムー）」サンダーがなだめるように言った。「来週にはまた別の人間が標的になって追いかけまわされているさ。ロクスバーン・マナーでゆっくり休んでいればいい」

「いいわ。でも二、三日だけよ」タリーはしぶしぶ同意した。「もうくたくたに疲れているの」

「ちゃんと眠れているのか？」サンダーが腹立たしいほど心配そうな声でたずねた。

「ちゃんと眠れていたわ、あなたがわたしの人生に戻ってくるまでは！」タリーは弱々しい声で答えた。

　十分後、ジョンソンの案内で高層ビルのエレベーターに乗り、屋上に出ると、ヴォラキスのマークの入ったヘリコプターが待ち受けていた。ヘリに乗りこみ、シートベルトをしてから、タリーは着替えの服さえ持ってこなかったことに気づいた。さっきはそんなことに思い至らず、この二十四時間の目まぐるしい展開にただ呆然とするばかりだった。

　ヘリコプターに乗っている間は、不愉快な思いをいっとき忘れていられた。青く澄みきった空の下、眼下に広がる大地は緑の草原や森で、ところどころに小さな家々が見える。だが、ロクスバーン・マナーはそれよりはるかに堂々たる建物で、ジョージ王朝様式の優美な邸だった。家政婦のミセス・ジョーンズが温かい笑顔で迎えてくれ、大きく開放的な玄関ホールから広々とした客間へタリーを案内してくれた。客間の暖炉では薪が燃え、初夏の朝の肌寒さをやわらげている。飲み物をのせたトレーが運ばれ、昼食は何がいいかとたずねられた。

　たっぷりとしたソファの心地よい羽毛クッションに身を沈めてくつろぐまで、タリーは自分がどれほど疲れ、空腹かさえ気づかずにいた。紅茶とビスケットを何枚か食べたあと、タリーは靴を脱いで丸くなり、襲ってくる睡魔に身をまかせた。目が覚めたときはもう夕暮れだった。暗い窓に暖炉の炎がちらちら映る。気がつくと、ヘリコプターの着陸する音がする。タリーは眉をひそめて身を起こし、乱れた髪をなでつけて、さっき脱いだ靴を捜した。

　開いたままのドアを軽くノックする音がし、家政婦が顔をのぞかせた。「ミセス・ヴォラキス？　よくおやすみだったので昼食にもお起こししなかったのですが、ご主人さまがいらっしゃいましたので、夕食は時間どおりにご用意いたします」

　タリーは眠気も吹き飛び、驚きで目と口を開けたまま、あわててソファから立ち上がった。「夫が？」あわてるあまり声がうわずる。

　その瞬間、ミセス・ジョーンズを呼ぶサンダーの大きな声が聞こえ、タリーは信じられない思いに憤りながらドアに駆け寄った。言われるまま抵抗もせずこの別荘まで連れてこられるなんて、わたしはなんて愚かだったの？　サンダーも合流するつもりかもしれないと、パパラッチの攻勢を逆手に取ってわたしを陥れるつもりだと、なぜ気づかなかったのかしら？　抜け目ない夫にまんまと出し抜かれるなんて、わたしはいつからこんな間抜けになったの？

　サンダーが玄関ホールに入ってきた。ビジネススーツの上に黒いカシミヤのコート姿だ。長身で肩幅も広く、たまらないほど男っぽい。がっしりした顎にひげが伸び始めている。彼は客間の入口に立つタリーの小柄な影に気だるげな目を向けた。「タリー……ミセス・ジョーンズから聞いたよ。まだ何も食べてないんだろう？　すぐに食事にしよう――」

「あなたに話があるの」タリーが怒りをにじませて口を開いた。

　その瞬間、どこか近くから、まぎれもない赤ん坊の泣き声が聞こえてきた。サンダーが脇にどくと、ベビーキャリーを提げたブルネットの若い女性が現れた。タリーの視線はまっすぐ赤ん坊に向いた。毛布の端から、小さな赤い顔の一部と額に垂れた黒い巻き毛が見えた。その光景にタリーは凍りつき、真っ青な顔でサンダーに驚きと非難の目を向けると、くるりと背を向けて再び客間へ駆け込んだ。ほかの人のいる前で、自分でも何を口走るか想像がつかない。

　ひどいわ、どうしてこんな不意打ちをするの？　わたしのいる家にあの子を連れてくるなんて、どんな神経をしているの？　自分のしていることの意味がわからないのだろうか？　あれはサンダーがオレイアとの間に作った子なのに！　タリーの胸いっぱいに声なき悲鳴があふれる。ああ、また過呼吸になりそうだわ……。

8

「タリー……」サンダーは大股で入ってくると、コートを脱いで椅子にかけてからドアを閉めた。客間には二人きりだ。

　喉に大きな石がつまっているように苦しかったが、タリーはなんとか普通に呼吸し、胸を締めつける苦しさをやわらげようと努めた。サンダーはピューマのような金色の目でタリーのこわばった顔を見据えている。わずかに上気した顔色のせいで頬骨や鋭角的な骨格が際立って見え、はっとするほどハンサムだが、深い淵の上に張ったロープを渡るかのような張りつめて油断のない表情だ。

「どういうつもり、あの子をここへ連れてくるなんて」タリーは不信もあらわに厳しく問いつめた。そう言いながらも、彼を見たとたんに体が抑えようもなくうずき、ワインでも飲みすぎたかのように血がわき立つのが恨めしい。まだこんなにサンダーを意識している自分が恥ずかしい。

「ホテルにおいてくるわけにもいかないだろう」

「どうして？」理屈を言われても納得などできない。

「リリはずっと泣きどおしで、ほかの客にも迷惑がかかる。ホテルの支配人も苦情を言ってきた」サンダーは唇をぐっと結び、疲れきったように言った。

「スゼットの後任の乳母はまだ若くて経験も浅く、慣れるまで大変なんだ。すきあらば写真を撮ろうとパパラッチどもがうろついているロンドンに、リリと乳母を二人で置いてくることはできない」

「ずいぶん急に責任感が強くなったのね……まるで本物の父親みたいに」そんな皮肉な言い方をする自分を嫌悪しながら、タリーは言わずにはいられなかった。

「できるかぎりのことをしているだけだ」形のいい唇をぐっと結び、サンダーがそっけなく言った。

「仕方ないだろう、ほかに誰もいないんだから」

そう言いながらもサンダーは、過去に犯した罪の報いがことごとく自分に降りかかってきているような気がしていた。考えてみれば、つき合い始めてわずか数週間でタリーが妊娠したときも、正直言って迷惑だと思っていた。自分の未熟な怒りっぽさと子ども時代のいやな思い出のせいで、親になることをきちんと受け入れられなかった。それが今になってこんな悲惨な結果を生んでいるのだ。自分のプライドを守りたい一心で何事にも距離をおいてきたが、その結果、最悪の事態になった今となっては、もう時計の針をもとに戻すことも何かを変えることもできはしないのだ。

分厚いドア越しにも、胸が痛くなるような赤ちゃんの鳴き声がかすかに聞こえてくる。乳母が別の部屋へ連れていったあともまだ声が聞こえる。それともこれは空耳だろうか。以前繰り返し見ていた悪夢がまたよみがえった今、自分の想像力が尽きることはないのだと思い知らされた。その泣き声を聞きながら、タリーは歯を食いしばった。アドレナリンがいっきに高まり、繰り返し耳鳴りが響く。ここから逃げ出したい。だが心の中の強固な何かが、そんな臆病な衝動に屈するものかと意地を張っている。サンダーの前で弱いところを見せたくはない。たとえ何があろうと、このロクスバーン・マナーを離れないわ。

「あなたもこの家に来る予定だったなんて知らなかったわ。ましてやあの子を連れてくるなんて」タリーは怒りをこめて非難した。「こんなことになると知っていたら、絶対にロンドンを離れなかったのに」

サンダーはタリーの怒りをしなやかな手の動きでなだめようとした。「そんなふうには考えなかったよ。すまない。ぼくはただ、きみを助けようと――」

「わたしを助ける？ そもそもの原因はあなたでしょう！」タリーは怒りにまかせてサンダーに向き直り、にらみつけた。思いのたけを表すように大きく手を振り、紅潮した頬をマーマレード色の髪がなでる。「あなたがいなければ、あんなことさえしなければ、わたしはマスコミに追いかけられることも、あれこれ質問されることもなかったのよ！」

サンダーはぐっとこらえるように表情をこわばらせ、黙ったまま金色の燃える瞳を伏せて肩をすくめた。今すぐここから出てヘリコプターに乗りこみ、オフィスに戻りたい。努力したらしただけ報われ、利益を得られるあの場所へ。金儲けなら得意だ。自分でもそれはわかっているし、それがぼくのいちばんの魅力だと考える女性も多い。サンダーは初めて、タリーがダイヤモンドに目のない女性ならよかったのにと思った。だが、結婚生活が破綻して家を出ていったとき、宝石類がぎっしりつまった金庫にまったく手をつけなかったことからも、タリーにとっては宝石などたいした価値がないことはわかっている。もっと形のない、深い意味のあるものを求めているのだ。だがそんなものが自分の中にあるのか、サンダーは自分でもわからなかった。しかも、そんなものは持っていないと告げる言葉さえ見つからない。

　お互いにくすぶった胸のうちを抱えたままの沈黙の中、夕食の用意ができたので食堂へどうぞという家政婦の声が響いた。タリーは二階の自室へ運んでもらうよう頼もうかと迷ったが、言わずにおいた。あの家政婦以外に使用人が何人いるかもわからないし、わがままな奥さまと思われたくない。柔らかな唇を緊張で引きしめ、タリーは堅苦しくフォーマルな食堂でぎこちなく席についた。

「なぜわたしをここへ連れてきたの？」給仕服姿の若い女性がスープを出して下がると、タリーがたずねた。「わたしがこの状況を受け入れていると思ってここに来たのなら――」

「いや、それは違う」サンダーは冷静に片方の眉をつり上げて答えた。「ぼくのせいできみがマスコミの標的になってしまい、取材攻勢にさらされるのは本意ではなかった。ここでならゆっくり落ち着けると思っただけだ」

　にんじんとコリアンダーのスープはおいしかった。このスープで胸の中の冷たい場所が温まるだろうか。いいえ、火炎放射器でも持ってこないと無理だわ。

「この別荘はいつ買ったの？」

「いや……買ったんじゃない」いぶかしげに眉をひそめて見返すタリーに、サンダーは続けて言った。「このロクスバーン・マナーは両親のものだよ。十年ほど前に、母がイギリスのカントリーハウスの奥さまみたいな暮らしがしたいと思い立って買ったんだが、ある年の夏、雨に降られて夢ははかなく破れたようだ。母が最後にここを使ったのはいつか、思い出せないほどだよ」

そう言われて見ると、青く塗られた壁、凝った装飾の華奢な家具類、どれもこの古い家には似つかわしくない。サンダーの母の趣味だとなぜ気づかなかったのだろう。こんな広壮な邸を所有しながら使わないなんてお金の無駄だわ——そういう気持ちを隠し、タリーは黙っていた。ヴォラキス海運の立て直しにサンダーが必死になっているのを尻目に、経済的な心配など何もないとばかりに湯水のように散財する両親の姿は今も忘れられない。裕福な家庭に生まれたサンダーの両親は、タリーの知る中で最も金遣いが荒く放埒な暮らしぶりの夫婦だったが、息子のサンダーはそんな両親の生活を一度として非難したことがなかった。サンダーに対する両親の冷たい態度を考えれば、彼が両親に不平を言わないのは、もっぱら子としての恭順と抑制の表れなのだろう。

そう、サンダーにはいいところもたくさんある。それは認めざるを得ない。あの両親にはもったいないほどすばらしい息子であり、仕事熱心で頼もしい一家の大黒柱、そしてベッドの中でも外でも女性を楽しませる名人だ。だが、そこまで考えると、どうしても乗り越えられない一つの事実に行き着いてしまう——オレイアの子どもだ。そのせいでタリーの人生は根底からひっくり返され、今となってはもう、サンダーとこの結婚に背を向けて立ち去るしかないような状況だ。オレイアはこうなることを狙っていたのかしら。

そんな絶望的な思いに動けずにいたタリーは、隣の椅子に置いた携帯電話が光りながら鳴り始めたのにびくっとした。

「出るな」サンダーがいら立たしげに言った。

だがタリーはその言葉にかまわず電話を取った。

電話の相手はロバートで、タリーの顔にこっけいなほどの動揺の色がにじんだ。

「いったいどこにいるんだ?」ロバートの詰問するような声が聞こえてきた。「もう二十分も待っているんだぞ!」

タリーはうめき声をあげて謝り始めた。毎月第一金曜日はロバートとディナーに出かけ、〈タルーラ・デザイン〉の経営について話し合うのが習慣になっていたが、先月もモロッコ行きのため取りやめていたのだ。「ロバート、本当にごめんなさい。今夜会う約束だったのをすっかり忘れていたわ」

「ぼくだって新聞ぐらい読むさ」ロバートが皮肉っぽく返した。「せっかく夫婦が仲直りしたと思ったら、とんでもない事実が明らかになって暗礁に乗り上げたそうだな」

タリーの顔が赤くなった。「いやみはやめて」

「この件についてはぼくはまったくの部外者だからね」ロバートが悲しげな声で言った。「わからないよ、きみがぼくに何を期待しているのか」

「友だちでいてくれない?」タリーは気まずい思いでたずねた。

「それは難しい注文だな。それから、今朝のレディ・マーガレットとの約束をキャンセルしたのはまずかった。さっそくうちに電話してきて文句を言われたよ。きみのところの従業員にこけにされたのがお気に召さなかったらしい」

タリーは眉をひそめた。「請け負う仕事はすべてわたしが直接携わるときちんとお約束したはずよ。今日は先方の好みを聞くための事前打ち合わせだけの予定だったたし」

「今どこにいるんだ?」

サンダーの探るような鋭い視線をいやというほど

感じながら、タリーはロクスバーン・マナーについてロバートに説明した。

「明日の正午ごろ、車で会いに行くよ」ロバートはそう言うと、タリーが反論する間もなく電話を切ってしまった。

タリーのぴりぴりした視線とサンダーの冷静な視線とがぶつかった。「何?」その場に生まれた気まずい沈黙をついてタリーは声をあげた。

「ロバートとはどういう関係なんだ?」張りつめた低い声でサンダーがたずねると同時に、さっきの給仕服姿の女性が再び現れ、メインの料理を運んできた。

彼女が去ると、タリーは顎を上げて答えた。「わたしとロバートとの関係は個人的なことよ」

サンダーの瞳が熱い炎の中心のように燃えた。

「ぼくにそういう言い方はするな!」

「だったらこっちも言わせてもらうわ。昨日あんな事実が発覚したせいで、わたしはこの結婚について考え直さざるを得なくなったのよ!」タリーもかすれ声で反撃した。こんな脅しのような文句は言いたくないが、口をついて出る怒りの言葉を抑えることができない。

「ぼくだってばかじゃない」サンダーはそう言うとタリーの顔を見つめた。大きな緑の瞳は迷いと緊張に苦しみ、唇は傷心にゆがんでいる。その瞬間、食欲は吹き飛び、サンダーはナプキンを皿に置いて勢いよく立ち上がった。「すまない。二、三電話をかけないと」

タリーはこみ上げる涙をこらえ、怒りに震えながら意地になって食事を続けた。南フランスの家で結婚生活が壊れ始めたころ、一人で寂しく食事していたころの記憶がよみがえる。悲しみにくれる妻をよそにサンダーは仕事に没頭し、タリーは無視され放置されたあげく、彼のもとを去ることを決意した。

けれども、ひょっとしたらあのとき、二人の結婚生活をやり直すべきかどうか迷う態度を見せたことで、わたし自身の手でサンダーを遠ざけてしまったのかもしれない。父アナトールの要求を思い出し、タリーは思わず笑いそうになった。父も事のなりゆきを、そして結果をじっと見守っているに違いない。

婚外子の誕生という歴史が繰り返された。かつてはタリーも婚外子だったが、少なくともタリー自身は、父がコジマの母と出会って結婚する前に生まれていた。そして今、まったく反対の立場がどういうものかを身をもって知りつつある。望まれず生まれた罪もない子に、怒りと恨みと哀れに思う気持ちでいっぱいだ。そんな自分を意識することで、これまでにないほど困惑し情けない気持ちだ。こんなことなら、無理して結婚生活を続けるより、いっそサンダーのもとを去ったほうが楽かもしれない。けれども、楽な道が必ずしも正しいとは限らない。

ミセス・ジョーンズがタリーを寝室へ案内してくれた。その楽しげな様子からして、たとえいっときでもこの邸に人が来ることがうれしくてたまらないようだ。タリーは上の階から絶えず聞こえてくるリリの哀れっぽい泣き声に気を取られないよう努めた。赤ん坊があんなにひっきりなしに大声で泣くというのはきっとどこか悪いに違いないと心配になり、次の瞬間にはそんな考えをあわてて頭から追い出した。

優美な客用寝室のベッドには箱がいくつも積んであった。開けてみるとネグリジェや部屋着、スカート、セーター、ランジェリーなど、すべて彼女のサイズのものがそろっていた。プレイボーイを夫に持つというのも良し悪しだわ、とタリーは皮肉っぽい笑みを浮かべた。どうすれば女性が喜ぶかちゃんとわかっているのだ。

でも、サンダーは今でもプレイボーイなのだろうか。夫と妻として一緒に暮らしていた間は、彼の貞操を疑うことなど一瞬たりともなかった。それに、ある大きな一点でサンダーの言うことは正しい。結婚生活を捨てて出ていったのはわたしのほうなのだ。今になってようやくわかった。あのころは何もかも悲しみの色に染まって見えたうえ、サンダーがわたしと結婚したのは妊娠したから、ただそれだけだと勝手に思い込んですねていた。その子どもを死産で亡くしたのでもう二人が一緒にいる意味もなく、サンダーがほとんど家に寄りつかないのも、そんな気持ちを暗に示しているに違いない、と。だが今、二人の別居以来サンダーが酒におぼれていたという話を思い出すと、自分はあれこれと推測ばかりしていたが、サンダー自身はずっと正直な気持ちを話していたのだという事実を無視してきたことを思い知らされた。

手早くシャワーを浴びて体を拭き、さきほど出しておいたネグリジェと部屋着をつけた。その間もずっとリリの悲しげな泣き声が別の部屋から聞こえ、耳について離れなかった。とうとうタリーは我慢できなくなり、部屋を出て階下にサンダーを捜しに行った。

サンダーは、むしろ彼の父親に似合いそうな大きく立派なマホガニーのデスクでノートパソコンを前にしていた。タリーが部屋の入口に立つとサンダーはちらりと目を上げ、はっと身を硬くした。

「何かご用かな？」サンダーは自ら選んだ部屋着をまとったタリーの姿をじっくり観賞した。高価なシルクのトルコブルーのつややかな生地が小柄な体を包み、胸のふくらみと張りつめた頂がくっきりと浮き出している。たちまちサンダーの体が反応を示した。その大きくたくましい肉体に、痛いほどせっぱつまった欲望が突き抜ける。部屋着の胸元がごく浅く開き、透き通るような白い肌が見えているだけなのに、そのちらりと見える柔らかくなめらかな肌は、これまで見た中で最もセクシーな光景だ。

　サンダーがじっと注ぐ視線に、タリーは頬を赤らめ身を硬くした。「よけいなお世話だと言われるかもしれないけど、リリみたいに――」初めてその名前を口にし、少し声が震える。「ずっと泣きどおしの赤ちゃんは、一度医者に診せたほうがいいと思うわ。ひょっとしたら、どこかが痛いとかで泣いているのかもしれないし」

　サンダーはしなやかな身のこなしで立ち上がった。百八十センチを超える長身だ。黒く長いまつげを半ば伏せて燃えるような金色の瞳を隠し、彼は深いため息をついた。「ロンドンで診せたよ。どうやら乳児湿疹(しっしん)にかかっていて、それが不快らしい。乳母が薬を塗り、時間を決めて手当てしているんだが」

　タリーは初めて、オレイアの娘リリがかわいそうに思えてきた。学校の友だちにも湿疹に悩む子がいたから、皮膚のひどいかゆみとつき合うのがどれほどつらいかはよくわかる。「それはよかったわ。しばらく続ければ手当ても効果が出てくるでしょう」ごく普通の会話をしているかのように、タリーは努めて淡々と続けた。「乳母の様子はどう？」

「今の乳母は臨時に来てもらっているだけで、明日は交代することになっている」タリーが眉をひそめると、サンダーは同感だというように唇を引き結んだ。「理想的な状況とは言いがたいが、何せ急なことだったから、これが精いっぱいなんだ」

「わたしたち、まるでよそよそしい他人同士みたいね」腫(は)れ物にでも触るような互いの態度が悲しくて、タリーは震える声で言った。

　すると、いきなり前触れもなしにサンダーが手を伸ばしてきた。金色の瞳は黒く長いまつげ越しにけぶる炎のようだ。サンダーは両腕でタリーをぐいと抱き寄せると、絶妙に計算されたキスをした。二日前のタリーならその官能的な魅力に抵抗できなかっただろう。だが今は、かつてはときめいた心も冷たい石と化していた。タリーは何も感じるまいと体を硬くこわばらせ、サンダーの体を押しのけ後ずさると、「だめ」とにべもなく言った。

「せっかくこうして一緒にいるんじゃないか」サンダーがかすれ声で言った。「なぜだめなんだ?」

サンダーの無神経な態度に、タリーの全身にショックと怒りが走った。「理由はあなたがいちばんよく知っているはずよ」

「もう一年以上も前の別居中に起きたことをいつまでも責め立ててなんになる?」サンダーが強い口調で迫った。

タリーの頬がかっと紅潮した。彼のずうずうしさに半ばあきれながらも、もともと血の気の多いサンダーがすぐその気になるのも理解できる。「責め立てているつもりはないわ、サンダー」

「きみはまたぼくを遠ざけようとしている。絶対に認めないぞ」サンダーはきれいに並んだ白い歯を嚙みしめ、タリーをじっと見つめた。まるで、じっくり考えれば解けるパズルのように。

「あなたにそんな権利はないと思うけど」

「あるさ、いつだって。それに、きみが決めることでもない」ことさらに強いギリシアなまりでサンダーが宣言した。「きみは今もぼくの妻だ」

タリーは身を守るように腕組みをした。「書類のうえではね」

「昨日は書類のうえじゃなく、ベッドの上にいたじゃないか」サンダーが冷たい皮肉をこめて言った。「戻ってくることを選んだのはきみだ。そのときは、この結婚生活をやり直すつもりだったはずだ」

痛いところを突かれ、タリーの顔が氷のように硬くこわばった。プライドと悔しさとが胸の中でせめぎ合う。「そんな単純なものじゃないわ」

困難な局面になると俄然強さを発揮するサンダー

が、敵意むき出しで立ちふさがった。「いいや、単純なものなんだ」

あまりにも自信満々な彼に震えるほどの怒りがこみ上げ、タリーは考える間もなくありったけの大声で叫んでいた。「じゃあ教えてあげるわ。父に押しつけられた条件さえなければ、わたしはあなたのところへなんか戻ってくる気はなかったのよ！」

それを聞いたサンダーは、黒い眉をいぶかしげにひそめてタリーを見下ろした。「なんの話だ？　お父さんとなんの関係がある？」

その瞬間、タリーは激しい後悔に襲われた。このことをサンダーに言うつもりはなかったのに。

「タリー……」サンダーがいら立たしげに迫る。

自分自身の失言で窮地に追いこまれたことを悟り、タリーは大きく息を吸った。もうこうなっては真実を告げるしかない。「母がモナコにいた間に法に触れることをしたのよ。たまった借金を支払うために、当時同棲していたロジャーの小切手を偽造したの。それに気づいたロジャーは母を追い出し、だまし取ったお金を返さなければ警察に訴えると、弁護士を通じて通告してきた」タリーは悲痛な声で説明した。「もちろん、母にはそんなお金はないし、わたしにも助けることはできないわ。わたしの資産はすべてうちの会社と関連したものばかりだから」

サンダーは険しい顔で聞いていたが、タリーの母親が不正を働いたという話にはさほど驚いていない様子だった。「なぜぼくに助けを求めなかった？　クリスタルはきみのお母さんだし、ぼくなら力になれたのに」

「あなたでも父でも、たいした違いはないと思ったからよ。二人ともただで動く人間じゃない。どちらもしたたかなビジネスマンだもの。父は、結婚しているほうがわたしは幸せだと思っている。だからわたしがあなたとよりを戻すことを条件に、母がだまし取ったお金を肩代わりすると約束してくれたのよ。あなたに相談していても、父と同じように、きっと何か条件をつけてきたでしょうね」

タリーの話を聞くうちに、健康的だったサンダーの顔色が徐々に灰色になってきた。「ぼくなら、お母さんを助けるという餌をちらつかせてよりを戻そうなどという汚い手は使わなかった」

タリーは表情を変えなかった。「あなたは自分の欲しいものを欲しいときに手に入れる人でしょう。そんなことを言われても信じられないわ」

「今回だけは信じてくれ」サンダーは激しい口調で言い返した。黒く豊かなまつげの間で金色に輝く瞳が熱く燃える。「買収しなければ自分のものにならない女性など欲しくはない！　たとえきみでも」

「本当に？」タリーはサンダーの意外なほど強い反応に、思っていた以上に心動かされた。

「ぼくならそんな条件などつけずに金を渡していたよ」まだ衝撃さめやらぬ表情でサンダーが言った。「クリスタルは昔から誰かに頼らないと生きられない人だ。きみと結婚してすぐにそれがわかったたし、いずれはぼくの助けも必要になると思っていた。アナトールが支払った金の返済はぼくがする」サンダーはそう言うと濃い眉を寄せた。「きみがぼくのところへ戻ってきた理由はそれだけなのか？　お父さんに金を出してもらうための交換条件として？」

珍しく自分がサンダーを驚かせたという事実に勇気を得て、タリーは容赦なく挑むような視線を向けた。「父は思いこんでいるの、あなたと離婚したらわたしも母みたいに独りぼっちになって、二度と立ち直れないと。あなたのそばにさえいれば安心だと思っているみたい」

サンダーは鋭い目を伏せて顔をそむけ、こぶしを握りしめて、腹からこみ上げてくる怒りの言葉を懸命にこらえた。タリーが戻ってきたのは、あのしたたかな義父の交渉の結果だった。結婚生活をやり直すチャンスを与えてもらえたと、あの男に感謝せねばならないのだ。どす黒い怒りに目まいがする。怒りと傷ついた誇りにまかせて壁を力いっぱい叩き、ぶち壊してしまいたい。血管に血がどくどくと流れ、こめかみが脈打ち、まるで頭を鋼鉄の輪で締めつけられているような気分だ。ありったけの自制心を総動員して、激しい怒りをこらえるのがやっとだった。

「それで、きみをぼくのベッドへ買い戻した金額はいくらだったんだい？」サンダーはタリーに向き直り、冷たく刺すような声でささやいた。その瞳はうつろに暗く、いつもの金色の輝きは見えない。

「そんな言い方はやめて」タリーは硬い口調で抗議するように言った。黙っていればよかったと後悔が募り、サンダーの挑発的な態度が今さらながらに恨めしかった。

「言えよ、いくらだ？」サンダーがなおも迫る。

もうこの話題は終わりにしたいと、タリーは金額を告げた。

サンダーにしてみれば、ほんのわずかな金額だった。彼は低く長く口笛を吹き、タリーのこわばった顔に嘲るような視線を据えた。「言いたくないが、ずいぶん安く自分を売ったもんだな。なぜロバート・ミラーに助けを求めなかった？　あの男なら、嬉々として白馬の騎士を演じてくれただろうに」

「家族の問題にロバートを巻きこみたくなかったの。母は人のお金を盗んだのよ、小切手を偽造して……ロバートに話せるようなことじゃないでしょう」タリーが気まずげな顔で言った。

「つまり、ぼくたちの結婚の危機はまたもやきみのお父さんの企みに救われたわけだ」サンダーが苦々しげな笑い声をあげた。「アナトールも、そしてきみも策略はお手のものだな。きみがよりを戻すことに同意したときは、まさかそんな別の動機があるとは考えもしなかったよ」ひげが伸び始めたがっしりした顎がこわばり、官能的な唇がゆがんでいる。「柄にもないが、ぼくの認識が甘かったよ。これまで出会った女たちと同じように、きみという女性にも値段がついていたとはね」

タリーの顔から血の気が引いたが、彼女は必死で平静を装った。道徳心の欠如をあげつらうことで彼女をみじめな気持ちにさせようというサンダーの狙いは、大当たりだ。内心ではずっと前からわかっていた。父のこの提案は、タリー自身が心の中で願っていたことを行動に移すきっかけにすぎなかったのだと。本当はずっとサンダーを取り戻したかったのに、それを認めるのはプライドが許さず、父に強要されて仕方なく戻ったと自分に言い聞かせていたのだと。そうやって自分をだましてきたことが恥ずかしいが、この状況では、そんな本心をサンダーに明かすことは絶対にできない。タリーは毅然と頭を上げ、わが身を守るように半ば目を伏せてくるりとサンダーに背を向け、自室に向かった。

再び一人残されたサンダーは胸の奥にくすぶる怒りをこらえ、強い酒をグラスに注いだ。実務だけに集中しよう。まずはアナトールがクリスタルを救うために支払った金を返さねば。もう今となっては、クリスタルを守る役目はアナトールではなく、義理の息子であるぼくのものだ。これほど自己中心的で無責任な母親だと、さぞ不安な子ども時代を過ごしたことだろうが、タリーはそんな母の欠点を受け継いではいない。

それどころか、自分の愛する人に対して、タリーはとても寛大でやさしい。サンダーも以前は、妻であるタリーが自分を愛してくれることを当然と思っていたが、子どもの死産の影響が尾を引くうちに、そんな確信も消えてしまった。彼女の信頼する人の輪の中にもはや自分がいないことを思い知ると胸が痛むが、それよりも、自分の意思で戻ってきたのではない妻など欲しくないという気持ちのほうが大きい。

だが、二杯めに口をつけるころには、それが自分の本心かどうかもわからなくなってきた。昔から男は、自分を愛してもくれない女性を手に入れようと戦い、執着してきたではないか。もっとも、女性が今ほど人権を認められていなかった時代は、それほど苦労はなかったかもしれないが。

そうはいっても、妻が愛人を自宅でもてなすのを黙って見ているわけにはいかない。ロバート・ミラーは自分の立場を利用し、絶妙のタイミングでここへ押しかけてくるつもりだ。ミラーは策士だ。ぼくの結婚生活が暗礁に乗り上げていると見るや、すかさずつけこんでくるに違いない。こんな大問題のすべての根源が、上の階で泣いているあのちっぽけな赤ん坊だとはとても考えられないが。

サンダーは寒々とした気分で考えた。自分が作った娘のせいでタリーとの結婚生活が危機に瀕しているが、だからといって娘に対する責任は放棄できない。結局、おまえが信じきっていたこの和解はくだらない偽りだったのさ、と嘲る声が聞こえる。こんな状況での和解がどれだけ続くかなんて誰にわかる？　サンダーは広い肩をすくめた。自分自身のことよりも母親を優先するように、タリーはアナトールに操られていたのだ。その残酷な事実にサンダーのプライドはひどく傷ついた。タリーがモロッコでベッドをともにしてくれたのも、この和解にはセックスがどうしても必要だったからなのだ……。

9

また悪夢を見て、しゃくり上げながらタリーは目覚めた。

慣れない部屋で暗闇(くらやみ)の中、ベッド脇(わき)の明かりを見つけるのにしばらくかかった。震える手でスイッチをひねり、激しく高鳴る鼓動を静めようとゆっくり大きく息を吸う。寝返りを打たずに悪夢の残像を忘れようと無駄な努力をしたあげく、起きて紅茶をいれることにした。もう二度と、あんな悪夢に支配されたりはしないわ。タリーはそっとベッドを出て部屋着を羽織り、寝室を出た。

廊下の向こうの部屋から光がもれているのに気づき、しばらく足を止めて耳を澄ました。リリがまだ哀れっぽい声で泣いているが、さきほどと比べると声はずっと弱い。その声に重ねて、もっと低い大人の話し声が聞こえてきた。タリーは廊下を進んで階段に向かった。さっきまでの態度を見れば誰しも、タリーがオレイアの娘を恐れていると考えても当然だろう。ただのうるさい赤ん坊じゃないの、とタリーは自分に言い聞かせた。あんな手のかかる子を押しつけられたあの若い乳母が気の毒だわ。とはいえ、一度でも実際にその顔を見れば、もう悪夢を見ることはなくなるはずよ、と自分を納得させた。

だが、階段を上りきる前に、聞こえてくるのは女性ではなく男性の声だと気づいてタリーは驚いた。足音を忍ばせて廊下を進み、はっと足を止める。半ば開いたドアに背を向けて立ち、赤ん坊を小さな袋のように肩に抱いていたのはサンダーだった。皮肉なことに、タリーの視線は赤ん坊ではなくサンダーのほうに引き寄せられた。洗いざらしのジーンズとゆったりした麻のシャツ姿ではだしのまま、サンダーは赤ん坊をあやすように部屋を歩きまわっている。

「すべてがきっといい方向にいく」サンダーは励ますように言いながら、大きな手でぎこちなく赤ん坊の背中をぽんぽんと叩いている。赤ん坊は彼の背中にぐったりと身を預け、うとうとしながら泣き声をもらしていた。「ぼくはたいていのことは得意なんだ」サンダーはまんざら謙遜でもない調子で続ける。「頼りなく見えるかもしれないが、なんでもすぐ覚えてできるようになるさ。父親業だってきっとうまくなる」

サンダーの決意を耳にして、驚きながらもおかしくなり、タリーは黒い巻き毛の下の赤くただれた小さな顔を見つめた。目鼻立ちはオレイアにもサンダーにも似ていないようだ。リリがまた小さな口を開け閉めして哀れっぽく泣き出した。見るからにつらそうだ。

「何が大事か、ぼくにはわかってる。きみが困っているときにはいつもそばにいるし、何か間違ったことをしたって、それでもずっとそばにいる」サンダーの声は真剣だ。自分の将来の役割をじっくり考えたうえでの言葉だろう。「完璧になれなんて言わない。ほかの子と比べたりもしない。きみはぼくのそばで、自分の好きなように生きていいんだ」

耳にした言葉に心打たれ、タリーは静かに後ずさった。わたしに立ち聞きされたことを知ったら、サンダーはばつの悪い思いをするだろう。彼がリリに約束したことは、そっくりそのまま彼自身と両親との間に欠けていたものであり、サンダーもそれをいやというほど意識しているのだ。サンダーはずっと兄ティトスに劣る二番手と見なされてきた。タリーと出会う前に亡くなった兄だ。両親はサンダーのすることに賛成してくれたためしがなく、妊娠がわかったタリーとの結婚を決めたときも同様だった。母を失った赤ん坊に自分自身が受けた以上の支援を約束するサンダーの姿に、タリーは感慨を覚えた。

　胸の中にある決意が固まり、タリーは自分でも戸惑いながらも、もう紅茶どころではなくなって、まっすぐ自室へ戻った。オレイアとサンダーの子とはいえ、あのリリという赤ちゃんにはなんの罪も責任もない。生まれてまだ間もないのに悲惨な運命を背負い、目まぐるしい変化にさらされているかわいそうな子だ。そんなリリを憎むことなどできない。もし自分の息子が生きていればサンダーはきっといい父親になっていたと思うと、無念の涙がこみ上げてくる。これほど混乱した状況でさえ娘にあんな約束ができるのだから、わたしとの間にできた初めての子にもさぞ愛情を注いでくれたことだろう。

　そこまで考えて、タリーは胸の奥に押し込んでいた言葉を自らに問いかけた。もし再び妊娠していることがわかったら、わたしはどう感じるかしら。モロッコではまったく避妊はしていなかった。このところ生理が遅れているのは海外旅行でリズムが狂ったせいか、最近の精神的な動揺のせいだと思っていたけれど、ひょっとしたら二人めの子を妊娠しているのかもしれない。そう考えただけで本能的な喜びがわき上がってくるが、また別の面から考えると、結婚生活が再び暗礁に乗り上げつつあるのでは、と不安になってくる。だとしたら、ずっと強く望んでいた心安らげる家庭を子どもに与えてやれなくなる。リリの存在が明らかになって、この数日のうちに、タリーとサンダーの人生は大きく変動した。そしてそれは、何をもってしても変わらないのだ。

　翌朝、タリーが階下に下りたときには、サンダーはもうロンドンのオフィスに出かけたあとだった。義妹のコジマから同情的で心温まるメールが届き、来週久しぶりに会う約束をした。ビジネスパートナーのロバート・ミラーは正午きっかりに美しいスポーツカーでやってきて、地元のレストランで昼食がてら打ち合わせをしようと提案した。

車に乗ると、ロバートはタリーを賞賛の視線で見つめた。「この二日間、大変な目にあったにしては、ずいぶん元気そうじゃないか」

「ありがとう」ストレートパーマをかけたマーマレード色の髪の下で、タリーの白い肌がわずかに赤らんだ。今着ているしゃれたトルコブルーのスカートも体にフィットしたシャツも、サンダーがそろえてくれたものだということは黙っていた。サンダーはファッションのセンスがよく、タリー自身よりも大胆な色を選ぶのだ。「わたし、立ち直りが早いの」

ありがたいことにロバートはビジネスの話に専念してくれ、軽い昼食をとりながらインテリア事務所の月例財務報告について話し合っているうちに、サンダーとのことをたずねられるかもと思っていたタリーはしだいに緊張がほぐれた。ロバートと一緒にいると楽しかったし、ここ数カ月などは、もしサンダーと出会う前にロバートと出会っていたらどうなっていただろうと考えることも何度かあった。長身で黒髪と明るいブルーの瞳の魅力的な男性で、仕事でも成功している。けれども、サンダーがそばにいたときには、そんなロバートの魅力もタリーの女性的本能には響かなかった。

わたしは悪い男性ほど挑みがいがあると燃えてしまうタイプの女性だったのかしら。確かにサンダーは常に挑みがいのある相手だ。移り気で気まぐれな彼は、以前は生涯続く絆があることを信じようとしなかった。結婚はしたものの、タリーを愛してはいなかった。けれどもタリーはサンダーを深く愛し、その結果傷ついた。それとも、あれは自ら招いた災いとでもいうものだったの？

タリーは初めて、反対の立場から考えてみた。サンダーの口から愛しているという言葉が聞けないと気づいたことで、彼に対する幻滅や不信の念がどんどん大きくなり、だからこそあの悲劇のあと、二人は別れることになってしまったのかしら。このわたしも、父親になることをいやがっていた初めのころのサンダーのイメージを最後まで引きずってしまったのだろうか。サンダーはわたしを愛していなかった。だからわたしも彼の悪いところばかり信じてしまい、亡くした子どもに対しても彼は自分ほどには悲しんでいないに違いないと思いこんでしまっていた。悲しみを共有できなかったからこそ、二人の心は離れてしまったのだ。

タリーはふいにはっと胸をつかれた。リリの出現も、わたしたちに同じような影響を与えるのではないだろうか。あの子が自分たちの人生に入り込んできた結果を一緒に受け入れないかぎり、二人の関係に未来はない。ほかの女性が産んだ子を妻が受け入れるとなるといろいろ問題もあるに違いない。けれども、そうしている女性は世界中にいくらでもいる。壊れた家庭の子どもを引き取って養子にし、つぎはぎながら新しい関係を築いている家庭も多いし、血のつながりのない子どもたちを育てている人もたくさんいる。大変な仕事だし、壊れやすいのも確かだ。今となってはその理由もよくわかる。

そう、わたしは本当ならサンダーの初めての子の母親になるはずだったのよ！　そのうえ、サンダーと恋人だったこともあるオレイアへの嫉妬もある。オレイアは亡くなっても、リリはそんな二人の関係の証として生きつづける。でも、乗り越えるのよ——頭の中で小さな声が叱咤激励する。結婚生活を捨てて去ったのはあなたでしょう？　その結果オレイアとサンダーがよりを戻し、リリが生まれた。もっと視野を広くして、周囲の大人たちの善意がなければリリは生きていけないという事実を認めなさい。あなたはあのかわいそうな赤ん坊にどれほどの善意を与えてあげられるの？

恐らくそのとき初めて、タリーは自覚した。あの子と一緒でなければサンダーを取り戻すことはできないのだ。それに結局わたしは、あの子を捨てるとか育児放棄するとか、そんなことをサンダーに求めてはいない、と。これは競争ではないし、かつて父アナトールの妻がタリーとの接触を一切絶つことを求めたように、リリと距離をおくようサンダーに求めるつもりなど毛頭ない。父の結婚相手は独占欲の強い女性で、タリーという存在自体を脅威と見なしていた。でもわたしは、もっと大人になり、リリに対してても公正であらねば。

「ずいぶん無口だね」邸へ戻る車中、ロバートが口を開いた。

「考えることがいろいろあって」

「自分に関係ないことであれこれ自分を責めるのはやめたほうがいい」ロバートがきっぱりと言った。

「新たな気持ちで再出発しなきゃ」

タリーは眉をひそめた。「再出発って？」

「サンダーから離れるんだ」邸の前でエンジンを切り、ロバートが言った。「今きみの結婚生活は悲惨な状態だし、今さら立て直せなんて言う人は誰もいないよ」

そんな会話が気まずく、タリーは車を降りた。ロバートも続いて降り、車の正面をまわってきてタリーの両手を握りしめた。

「あなたとこんな話はできないわ」

「きみはもっといい人生を送れるはずだ。離婚が成立するまであと数週間だったのに、どうしてわざわざあいつのところへ戻ったんだ」ロバートがいら立たしげに問いただす。

玄関ドアの開く音に振り向いたタリーはぎょっとして目を見開いた。サンダーが大股で歩み寄ってくる。握られた手を懸命に振りほどこうとしたが、ロバートはきつく握ったまま放そうとせず、「ぼくたちの関係を隠したり後ろめたく思う必要なんかないだろう」と言い張った。

「妻の手を放せ！」少し離れたところからサンダーが怒鳴った。

怒りに燃える金色の瞳にまっすぐ見据えられ、タリーの鼓動が激しくなった。

「離婚手続き中だったんだろう！」ロバートが鋭く反撃する。「タリーはもうきみの所有物じゃない」

「誰の所有物でもないわ」タリーはそっけなく言うと握られた手をようやく振り離し、もう少し分別ある行動をとってもらいたくて、ロバートに非難の目を向けた。「わたしはわたしよ」

「あっちへ行ってろ、タリー」食いしばった歯の間からしぼり出すようにサンダーが命じた。まだ離婚手続き中だとロバートに指摘され、タリーが否定しなかった事実に怒っているのだ。

「どこへも行かないわ、あなたたちが愚かにも男同士で角つき合わせるのなら」タリーは警告するように顎を上げた。「また来週ね、ロバート——」

「一緒にロンドンへ帰ろう」ロバートが誘いかける。

「こんなところ、一日だっていたくないはずだ」

サンダーがまるで手錠のようにタリーの手首をつかんだ。「帰さないぞ。タリーはぼくといるんだ」

二人のにらみ合いを見ているうちに、タリーはうんざりして叫び出したくなった。手首をぎゅっと握る手やいつでも飛びかかれそうな姿勢から、サンダーが必死で衝動を抑えこんでいるのがわかる。もともと腕力には自信がある人だし、この怒りの激しさならいつ爆発してもおかしくない。タリーはため息をついた。「とにかく今日のところは帰ったほうがいいわ、ロバート」

「なぜだ？　きみは客を迎えることさえ許されないのか？」炎をあおり立てる気満々でロバートが突っ

かかってくる。

タリーはいきなりサンダーの手を振りほどき、くるりと二人に背を向けて家の中へ入っていった。そのこわばった背中に、男という生き物への憤懣が表れている。この険悪な雰囲気の原因が自分なのなら、自分がこの場から去ることで場の緊張もゆるむのではないかと考えたのだ。玄関ホールに入ったところで向き直り、玄関脇の窓から外をうかがった瞬間、ロバートがサンダーを殴るのが見えた。先に手を出すのはサンダーのほうだとばかり思っていたタリーは驚いてその場に立ちすくんだ。だがサンダーもすかさず殴り返し、ロバートが砂利道に片膝をつくと同時にタリーはまた外へ駆け出して叫んだ。

「やめて！　殴り合ってもなんにもならない――」

サンダーは眉をひそめ、金色の瞳でタリーを見返すと、平然とした顔で答えた。「なるさ、戦うだけの価値がきみにはある」

「もう一度殴ったらここから出ていくわよ！」タリーは必死の思いで脅しをかけた。

そうこうするうちにロバートが再びサンダーに突進し、不意をつかれたサンダーはどさりと倒れた。その瞬間、タリーは身を挺して二人の間に割って入り、卑怯な手を使ったロバートをひっぱたこうとした。わたしはまだこれほどサンダーを愛していたんだわ、と自分でも驚く。

「早く帰って、ロバート！」タリーは震える声で叫んだ。

ロバートは唇から流れる血をぬぐい、タリーを悲しげに見やった。彼女がとっさにサンダーを守ろうとしたことにちゃんと気づいていたようだ。「ここへ来たのは時間の無駄だったな」

「そうとも、殺される前にさっさと帰れ」再び立ち上がったサンダーが荒々しく言った。

タリーはとぎれとぎれに浅い息を吐きながら、車で走り去るロバートを見送り、それから眉をひそめてサンダーに向き直ると、改めてたずねた。「先に殴ってきたのはロバートだったのよね？」

サンダーは考えこむようにタリーを見つめ、やがて、慎重に言葉を選ぶようにゆっくり顔をゆがめた。

「いや、そういうわけじゃ――」

「じゃあ、あなたが先に手を出したということ？」

タリーの中に怒りがこみ上げてきた。こんな大事なことをなぜもっと早く確認しておかなかったのだろう。

「きみはぼくの妻だ、あの男は越えてはいけない一線を越えたんだ」サンダーは悪びれもせず弁明する。

「あなたさえ口を出してこなければ何も起きなかったのに」タリーはサンダーに食ってかかった。「ロバートはわたしと話をしていただけなのよ！」

サンダーの黒っぽい金色の瞳が鋭く光った。「あいつはきみに言い寄っていた」

怒りのあまり早足で家に入ると、タリーは非難の目をサンダーに向けた。「あの人が何をしようとあなたには関係ないでしょう！」

「タリー……」

タリーは玄関ホールでくるりと振り向いた。

サンダーは暗い視線でタリーを見据えた。「きみにとってつらい状況なのはわかるが、それでもぼくたちはまだ夫婦なんだ」

タリーは目を伏せてのろのろとうなずいた。口を開くと何を言うか自分でも自信がない。ロバートのことについてこんな議論をするとは思いもしなかった。タリーとほかの男性との関係をあれこれ推測することと、故意に誤解を広げることとはまったく別問題だ。

サンダーはつめていた息をゆっくり音を立てて吐いた。「きみが今いちばん求めているのは、ぼくから離れることなのかもしれないな」

緑の瞳を光らせてタリーが顔を上げた。「ええ、そうね」

「ぼくはこれから大事な仕事の打ち合わせでアテネへ出かける。だがそうなると、リリと新しい乳母のめんどうを、四十八時間きみにまかせていかなきゃならない」サンダーが難しい顔で言った。

「いいわよ」タリーはとっさにそう答えたが、考えてみると、オレイアの赤ん坊と同じ部屋で過ごす勇気すらまだ持てずにいた。

その答えに驚きもあらわに、サンダーが黒い眉を寄せた。「いいって?」

「あら、わたしだって、父親と母親のことで赤ん坊のリリを恨むほどひどい女じゃないわ」タリーは胸を張って答えた。

「それが本心なら、ずいぶんと自制心があるんだな」

こんな冷静な判断ができるようになったのは今日が初めてなのに、とタリーは顔を赤らめた。

「本当にそう思うよ」サンダーは穏やかな目でタリーを見やった。「ぼくならとても耐えられないよ、きみとロバート・ミラーとの間に子どもができたりしたら。とても無理だ」

素直にそう認めるサンダーにタリーもほだされ、彼の心情が理解できた。この件について自分が沈黙を続けてきたことをずっと気にしていたのだろう。

「ロバートとは一度も関係を持ったことはないもの、そんなこと起こりっこないわ」

それを聞いたとたん、サンダーの形のいい唇にぱっと笑みが浮かび、その顔から緊張が消えた。長いまつげの下で美しい瞳が輝いている。「ありがとう、それを聞かせてくれて。言いづらかっただろうに」

その言葉にタリーは罪悪感を覚えた。ロバートとは単なるビジネスパートナーで肉体関係などないとあらかじめ知っていれば、サンダーもロバートを殴ることはなかっただろう。男としての嫉妬が怒りに火をつけたのだ。

一時間後、サンダーが家を出たとき、タリーはあるクライアントのための企画を作成中だった。ヘリが離陸すると、彼女はすぐさまノートパソコンを閉じて立ち上がった。さあ、早くサンダーの娘と対面しなければ。

二十代後半ぐらいのブルネットで、なかなか有能そうな新しい乳母がリリのおむつを替えている子ども部屋へ入っていき、サンダーの妻だと自己紹介した。緊張で手のひらが汗ばんでくる。だが、むき出しになった赤ん坊の肌のそこここが炎症で赤くただれているのを見た瞬間、そんな気後れはどこかへ消えた。

「これじゃあ泣くのも当然よ！」リリの乳児湿疹(しっしん)のひどさに驚いてタリーは叫んだ。「かわいそうに……」

「オイルマッサージは効果があるかもしれません」乳母が提案した。「衣類や寝具を綿百パーセントのものに変えるのもいいでしょうね」

「さっそく買ってくるわ」タリーはすぐさま請け合った。何か対策があるのなら喜ばしい。

「すみませんが、ちょっと階下で昼食をとる間、リリを見ていていただけますか？」乳母が申し訳なさそうにたずねた。

「もちろんよ」もう午後遅いというのに、誰も乳母に昼休みを与えることも考えてあげなかったなんて、とタリーは申し訳なくなった。そんなことに気のまわる人間が誰もいないということなのかしら。サンダーは自分にのしかかってきた責任を負うのに必死で、こんな小さな子の世話がどれほど大変かなんて知りもしないのだ。もしリリに二十四時間体制の世話が必要なら、もう一人乳母を雇わねばならないだろう。

リリはあっけないほど簡単にタリーの腕に収まった。本当に小さく軽い赤ちゃんだ。いつものようにリリが泣き出すと、タリーは大きく息を吸って気持ちを落ち着かせ、自分は子ども、特に赤ちゃんが好きだったはずよと自分に言い聞かせた。乳母が姿を消したとたん遠慮は消え、タリーはリリをやさしく揺すりながら静かに語りかけた。悲しげな小さく黒い瞳が不思議そうに見上げてくる。タリーは椅子に座り、がらがらをリリの前に差し出して気を引いた。小さな手ががらがらをつかんだ。時間が流れ、タリーはその場に座ったまま、自分でも意外なほど穏やかな気分で、腕に伝わる赤ん坊のぬくもりを心地よく感じていた。リリのまぶたがしだいに重くなり、がらがらを握る手から力が抜け、やがてリリはうとうとし始めた。

戻ってきた乳母はうれしそうに、うとうとしているリリをベビーベッドへ移し変えた。タリーもその場に立ったままリリをじっと見下ろした。小さなリリの無力さとタリーへの無条件の信頼に胸が締めつけられる。その瞬間、タリーは心に誓った。自分の結婚がどんな結末を迎えようが、この子を責めることだけはするまい。わたしはサンダーを愛している。愛する人の子どもを拒むことなどできない。

その夜、タリーは悪夢も見ずぐっすりと眠った。翌日はリムジンでロンドンへ行き、オフィスに顔を出してから自宅にクライアントを迎えて企画書を手渡し、その後リリのための買い物をした。リリの敏感な肌を刺激しない、綿百パーセントの寝巻きとベビーベッド用のシーツだ。そして、ロクスバーン・マナーに戻る前に独身時代のアパートメントに寄って、スーツケースに荷物をつめた。用がすんでマナーハウスに戻ってから、ロンドンで病院の予約を取っておくべきだったと思いついた。もうそろそろ妊娠検査をしなければ。タリーは病院に電話をかけ、診察の予約をした。

両親からは一度話がしたいという伝言が何度となく届いていたが、サンダーは返事をせず、ギリシア滞在中に実家を訪ねることもなかった。両親が話したがっている理由はわかっていたが、もう反抗期の子どもではないし、リリのことについての説教などは聞きたくない。その件について弁解せねばならない唯一の相手はタリーだが、仕事を終えてロクスバーン・マナーに帰ったとき、そこにまだタリーがいてくれるかどうかは自信がなかった。

「妻は？」玄関ドアから家に入るやいなや、サンダーは家政婦のミセス・ジョーンズにたずねた。

「子ども部屋にいらっしゃいます」ミセス・ジョーンズが答えた。

サンダーは階段を一段飛ばしで上がった。タリーがリリの部屋にいるなんて、予想外のうれしさだ。二階に上がる前からタリーの低い話し声が聞こえ、子ども部屋に入ると、驚いたことにリリはタリーの膝に広げられたタオルの上でオイルマッサージをしてもらっていた。

「泣いていないな」サンダーは驚いてやっと息をついた。

「これが好きみたい」タリーは乳化オイルの入った洗面器に両手指をひたし、リリの細っこい脚をそっと丁寧に、つやつやと光るまでマッサージしていく。

サンダーが見下ろすと、リリは顔を横に向け、今まで見たことがないほど穏やかな表情をしていた。

「だいたい、これをしてやると眠るのよ。マッサージのあとはとても落ち着くの」

タリーはそう言うと、夫の端整な顔を見上げた。こうしてリリと仲よくなれたのはよかったけれど、やはりサンダーのいない生活は気の抜けたシャンパンのように、たまらなく退屈だった。

「この子に怒りをぶつけるのはお門違いだもの」リ

リにそっと寝巻きを着せてやりながら、タリーはふっくらした唇を引き結んでささやいた。「新しい皮膚科医に予約を取ったのよ。今度診察に連れていくわ。湿疹に関する本を読んで、食べるものや接触しているものに対するアレルギーがないかどうか、一度検査してみる必要があると思って」

サンダーは半ば目を伏せてささやいた。「言葉にならないほど感謝しているよ、きみがこの子のことを気づかってくれて」

「そうすることでわたしも気分がいいから。だから、身勝手な理由もあるのよ」サンダーの感謝の言葉に、タリーはきまり悪げにつぶやいた。利己的な動機と良心とがせめぎ合っていた心の葛藤は、とても人に誇れるようなものではなかった。

廊下を隔てて厨房の向かい側の部屋で、二人はいつもよりくつろいだ雰囲気で食事をした。料理はシンプルながら、味も盛りつけもすばらしかった。タリーは以前家政婦のミセス・ジョーンズと話し、自分もサンダーも堅苦しく仰々しいのは嫌いだと告げてあった。ミセス・ジョーンズも、サンダーの母が定めた高水準のサービスをするにはもっと人手が必要だと説明してくれた。二人の意見が一致し、サンダーとタリーが滞在している間はもっと気軽なサービスにしようと相談がまとまったのだ。

「ご両親には会いに行った？」食事をしながらタリーがたずねた。

「行くべきだったんだろうが、行かなかった」サンダーが顔をしかめた。「リリのことで長々と繰り言を聞かされる気分じゃなかったからね」

サンダーはジーンズとシャツに着替えていた。がっしりした顎にはひげが伸び始め、形のいい唇のセクシーさを際立たせている。何度か自制心を見失い、その浅黒く引きしまった端整な顔に目を奪われるたび、彼にしか感じない興奮にタリーの下腹部がかっと熱くなった。リリが二人の生活に入ってきてからずっと抑えてきた衝動だ。熱したナイフをバターに突き刺すように、全身を欲望が突き抜ける。

その夜は乳母が休みで、タリーがリリに哺乳瓶(ほにゅうびん)でミルクを与えていると、部屋の入口にサンダーが姿を見せた。「本当はぼくがしなきゃいけない仕事だな」とあまり気乗りしない調子で言う。

「そうね、まずはやり方を覚えなきゃ」タリーは彼の言葉をそのまま受け取って穏やかに答え、立ち上がってサンダーに席を譲った。

席に座って深呼吸するサンダーの腕にタリーはリリを渡し、抱き方や哺乳瓶の角度などを教えた。

「本当に小さいんだな」サンダーが怒ったように言う。壊れてしまわないかと心配なのだろう。

「大丈夫よ、そんなに難しいことじゃないわ」そう言ったとたん、二人の視線がまともにぶつかり、タリーは体の隅々まで熱いうずきを覚えた。頬がぱっと赤くなり、そんな自分の敏感さが恥ずかしくて再び目をそらす。

「泣いていないときの顔はかわいいな」サンダーが驚いたようにつぶやいた。

「以前よりミルクもよく飲むようになったの。もう少し太ればもっと赤ちゃんらしくなるわ。この子、すごく不安なのよ。自分の世話をしてくれる人がめまぐるしく変わるから」タリーはそう言うと、リリのひそめた眉をなだめるように指先でやさしくなでた。きょろきょろしていたリリの黒い瞳がぱっとタリーに向けられ、そのままミルクを飲み終わるまでずっと見つめつづけていた。

タリーはリリをベビーベッドに寝かしつけると自分もベッドに入った。ひょっとしたらサンダーが来るだろうかと、横たわったまま寝室のドアを見つめ、彼のことを考え、求め、念じつづけた。眠れないまま長い時間が過ぎ、思い知らされたのは、サンダーは自分とベッドをともにする気はまったくないのだという事実だった。まもなく、ベビーモニターからリリの声が聞こえてきた。また目を覚ましてむずかっているようだ。疲れきってぴりぴりしたタリーがようやく眠りにつけたのはもう真夜中だった。

またサンダーに揺り起こされたとき、カーテンの向こうでは太陽がまぶしく輝いていた。タリーは目にかかる乱れた髪を払いのけて身を起こし、顔をしかめてサンダーを見た。「今何時?」

「十時だよ。ぼくの両親が来ている」

タリーはロケット弾攻撃を受けたかのようにベッドから飛び出した。なんの心がまえもなしにあの優雅な女性と顔を合わせると考えただけでパニックになる。「うそでしょう! いったいなんの用で?」

サンダーの形のいい唇が皮肉っぽくこわばった。

「どうやら、リリを引き取りに来たらしい」

10

その衝撃の言葉を聞いたタリーはバスルームに駆けこんで顔を洗い、大急ぎでメイクをした。いったいどういうこと? あの人たちは本当にずかずか割りこんできて、サンダーの代わりにリリを育てるつもりなの? とても子どもが好きな人たちとは思えなかっただけに、とても信じられないし、驚きでいっぱいだ。十分足らずでバスルームから空っぽの寝室に戻ると、見苦しくない服装を考える時間も惜しむように、ジーンズと黒のTシャツを着た。サンダーはすでに階下に戻り、両親の相手をしていた。

三人のいる客間に入ると、ミセス・ジョーンズがコーヒーとビスケットを出し、アイリーン・ヴォラキスがいつもの冷淡な調子で、使用人がいるのにもかまわずサンダーに言った。「本当に、最初からオレイアと結婚していればねえ。彼女ならあなたにふさわしい妻になっていたでしょうに」

タリーはしみ一つない頬を赤く染め、思わずその場に凍りついた。義母アイリーンはそんな彼女に気づいて辛辣な笑みを浮かべたきりだ。

「そうは思わないな。若いときにオレイアと別れたのは、互いの相性が悪かったからだよ」サンダーが如才なく答えた。

「わたしもアイリーンも、オレイアのことは気に入っていた」ペトロス・ヴォラキスが楽しげに言った。「だからこそ、そのオレイアの娘をうちで引き取りたいのだ」

「当然、あなたの奥さまはそんな子いらないでしょうし」アイリーンが臆面もなく力説する。

「リリはサンダーの娘ですわ」タリーがきっぱりと言った。

アイリーンが冷たく眉をつり上げた。「子どもはわたくしたちが育てたほうがずっと幸せよ。わたくし、ずっと女の子が欲しかったの。サンダーがおなかにいるとき、てっきり女の子だとばかり思っていたのに」アイリーンはそう認めると、まるで男に生まれたのが彼の責任でもあるかのようにサンダーを非難の目で見やった。「また男の子だとわかったときは本当にがっかりしたわ」

「ああ、実に残念だったな」ペトロスもうなずき、妻に共感の目を向けた。

タリーはもう我慢できなかった。「お二人ともそれをいつまでも引きずっていらっしゃるんだわ。だからお兄さまのティトスばかり大事にして、弟のサンダーにはやさしい言葉一つかけてあげなかったんですね？」思わず語気が荒くなる。

タリーの激しい弁護にサンダーは驚き、恥ずかしくなって、頬をわずかに染めた。「今はその話はやめておこう」

「まったく、礼儀をわきまえない人ね」アイリーンがタリーに冷たく言った。

「いや、ぼくの妻は礼儀正しい女性だ」サンダーがきっぱりと言い返した。「ぼくに言わせれば、その年になって子どもを引き取ろうなどと言い出すあなたのほうが驚きだね。あまりいい考えとは思えないが」

「わたくしたちなら、リリがギリシア社交界で最高の地位を得るために必要なすべてを与えてあげられるわ」アイリーンが尊大な態度で言い放った。

「そんなものよりずっと大切なことがある」サンダーが淡々と答えた。

「ないわ、わたくしには」アイリーンが優雅な物腰で言った。「リリはわたくしたちのもとで立派に育ちます。だって、そうでしょう？　わたくしたちの初めての孫なんですもの」

「いいえ、初めての孫はわたしの息子です」タリーはこらえきれずに口をはさんだ。

父ペトロスはタリーにわびるような視線を送ってきたが、アイリーンはまったく動じることなく、タリーに冷たい目を向けるだけだった。

サンダーの様子をうかがうと、その男らしい顔が硬くこわばっていた。実は両親の提案にひそかに心動かされているのだろうか、とタリーは心配になった。ノックの音がし、サンダーがドアを開けた。乳母がベビーキャリーに入れたリリを連れて入ってきた。

「さあ、いよいよ孫娘とのご対面だわ」アイリーンは甘ったるい声で言い、リリに近づいた。だが次の瞬間、アイリーンはいきなり足を止めて叫んだ。

「この子の顔、いったいどうしたの？」

「リリは乳児湿疹なんです」タリーが説明した。

「ひどく見栄えが悪いわね」アイリーンはリリの頬や顎の炎症を見ながら不愉快そうに唇をゆがめ、非難するように言った。「これ、きれいに治るの?」

「成長とともに治る子もいれば、そうでない子もいます。今後の経過を見守るしかありません」タリーはそう答えながら、リリをベビーキャリーから取り上げて義母の目の前で抱きしめてやりたい思いに駆られた。

まるで病気が伝染するかのように赤ん坊から離れる両親の様子に、サンダーの瞳にあざ笑うような光が宿った。「残念だったね、完璧(かんぺき)な子じゃなくて」静かな嘲(あざけ)りをこめて彼が言った。

その声にアイリーンは身をこわばらせ、眉をひそめた。「健康な子とは言えないわね。やはりあなたのところで育てたほうがいいかも」

「どっちみち、ぼくはこの子を誰にも渡すつもりはなかったからね」サンダーが静かに答えた。「オレイアがぼくを信頼してわが子を託したからには、ぼくが責任を持って育て上げる。リリがどんな顔だろうが、ぼくとタリーの気持ちは変わらない」

アイリーンは無表情のままだったが、夫のペトロスは、リリを引き取る計画をあっという間に撤回した妻の態度に恥じ入る様子を隠さなかった。そんな資格があるのは美しくかわいい女の子だけ、というわけなのね。泣き出したリリをタリーはあやしてやった。無理もない、お昼寝から無理やり起こされて階下へ連れてこられ、祖父母の前に突き出されたのだ。サンダーの両親はリリへの関心を完全になくし、十五分もたたないうちに帰っていった。

持っていたがらがらが落ち、リリが小さなもみじのような手を伸ばして泣き出した。サンダーは身をかがめ、がらがらを再びリリの手に持たせてやった。

「リリ、きみはずっとここにいるんだぞ。手放すことなんかできっこない」

「冗談にもそんなこと言わないで」タリーがこわい顔で言った。

「見栄えが悪くなんかないぞ」サンダーが怒ったように口を曲げた。

「ええ、そうよ」

「リリを母たちに渡してもらいたいと思っていたかい？」サンダーがいきなりずばりとたずねた。

その単刀直入な問いと鋭い観察眼にタリーは体を硬くした。確かに、数日前だったら今とは違う答えを出していたかもしれない。「とんでもない。あなたのお母さまは子どもに無償の愛を捧げられるような人じゃないわ」

「以前は絶対に認めようとしなかったよ――ぼくが女の子だったらよかったなんてことはね」サンダーはふいに顔をしかめて首を振った。「ぼくはとにかく元気いっぱいで騒がしい子どもだった。母がぼくにいらついていたのも当然だな」

それは、アイリーンのように甘やかされた裕福な女性にとって、数少ない挫折の経験だったのだろう。愛されない子ども時代を送ったサンダーを思い、タリーの胸は痛んだ。「だからあなたは早くから自立していたのね」

「明日ロンドンへ戻ろう」家族の話題は早々に終わらせてサンダーが言った。「昨日から、パパラッチどもは不倫が発覚した政治家を追いかけている。もう誰もリリには見向きもしないさ」

「だったら仕事にも復帰できるわね」タリーもうなずいた。

また前のような他人行儀な会話だわ、と思うとどうしようもなく涙がこみ上げ、タリーはあわてて目をしばたたいた。モロッコではタリーのほうからサンダーに歩み寄り、隔たった二人の間に橋渡しをしようと努めたが、まさかまた同じ道をたどるとは思ってもみなかった。サンダーはわたしを愛していない。こんなバランスの悪い人間関係で引け目を感じないためには、自尊心をしっかり持つことだ。妊娠検査を受けねばならないことを告げるのは気が進まない。モロッコの別荘での明るく楽しかった日々が、もう一人子どもを作ることがすばらしい名案に思えたあのころが、遠い昔のようだ。前回妊娠を伝えたときに喜んでもらえなかったことを思い出すと、また同じような状況になるのが怖かった。

その夜、父アナトールが電話をかけてきて、また昼食を一緒にしようと誘ってきた。今度はいつものレストランではなく、宿泊中のホテルに来てほしいという。この間会ったばかりなのに、とタリーは驚いた。リリのことをたずねられるのだろうか？　できればやめてほしい。まだこの状況をうまく説明する準備ができていないのだから。リリという子の存在についてはなんとか受け入れられたが、サンダーとの間は今も他人行儀のままだ。モロッコであんなに楽しかったのになぜこんなことになってしまったのか、自分でもまだ心の整理がついていない。

翌日、リリと乳母がロンドンの家に無事落ち着き、サンダーも仕事に出かけると、タリーは父のホテルを訪ねた。父はスイートルームでサンドウィッチと紅茶をふるまってくれたが、タリーが部屋に入った瞬間から父の狼狽ぶりは明らかだった。何度も何か言いかけ、また口を閉じるのだ。

「いったいなんなの？」タリーがたまりかねてたずねた。

「わたしは謝罪が得意ではない」父は率直にそう認めた。「だが、おまえとサンダーには本当に悪いことをした。クリスタルの金の問題を利用して無理やりよりを戻させるなんて、よけいなことをしなければよかった」

「本当にそのとおりね」父にならい、タリーも率直に答えた。

「ああ、まさかあんなことが……子どもが出てくるとは」父はもうそれ以上口にしたくないとばかりに片手を振った。「もう約束した条件でおまえを縛りつける気など毛頭ない。金のことも忘れてくれ。サンダーは意地でも自分が返すと言ってきかないがね。あいつはあのヴォラキス家の中で唯一気骨のある男だな」

父のほめ言葉にタリーは思わず笑みを浮かべた。

「ええ、そのとおりよ」

父は眉をひそめた。「だが、彼とよりを戻す決心をしたのはわたしとの約束のせいだということは、言うべきじゃなかったな。オレイア・テリスの死と赤ん坊の存在を知ったことがショックでそれどころではなかったのだろうが、そんな話を聞かされたら男としては侮辱を感じるものだ」

タリーが驚いて眉を寄せた。「わたしが一度話したきりで、サンダーもそれきり触れなかったから、それほどショックを受けているとは思いもしなかったわ」

「女性からちやほやされることに慣れている若い男にとって、妻が戻ってきたのは妻の父親が口を出したおかげだという事実は手ひどい打撃だっただろう。まさか、おまえがサンダーに話すとは思わなかったよ、タリー」父は顔をしかめた。「そんなことをすれば、せっかくの和解もぶち壊しだ」

そう断言する父の言葉に、タリーは改めて考えてみた。そういえば、タリーがその事実を認めたとき、サンダーはひどく取り乱していた。あの日以来サンダーが沈黙を守っているのは、タリーの告白を気にもせず受け入れているからではないのかもしれない。むしろ、その事実こそが、二人の結婚生活にとって最大の障害となっているかもしれないのだ。だからサンダーはあんなに他人行儀でよそよそしいのだろうか。

「一つ気になっていることがあるんだけど」タリーは思いきってたずねてみた。「サンダーがオレイアとよりを戻したこと、お父さまは知っていたの？」

父は唇を引き結んだ。「いや、まったく知らなかった。オレイアはギリシアを離れてロンドンへ、それからパリへ居を移し、それきり消息がわからなくなったんだ。派手に遊び歩いていたことも子どものことも、知ったのはあの娘が亡くなってからだ」

別れ際に、父はアテネで開く自分の五十歳の誕生日パーティにタリーとサンダーも来てほしいと言った。驚いて父の顔を見返したタリーにアナトールは言った。子どものころずっと疎遠にしていたことを後悔している、その過去を清算したいのだ、と。父が率直に心情を語り、初めて正式に家に招待してくれたことに、タリーの胸に温かいものがこみ上げた。そんな思いに包まれたまま、彼女は予約しておいた医師の診察に向かった。


妊娠検査がすぐ行われ、数分後に、恐れつつも切望していた結果が出た。やはり妊娠だった。結果を知った瞬間、喜びがこみ上げるとともに、ひょっとしてまた子どもに何か起きるのではと怖くなった。かかりつけの総合診療医は、死産の経験を踏まえて、今度は早いうちから精密検査をしましょうと言った。けれどもタリーはもうすでに、以前診てもらっていた産婦人科専門医の診察を受けようと決めていた。今度こそ元気な子を産むために、前回のデータなどもすべて活用してもらい、自信を持って出産に臨みたかったのだ。

家に帰る前に母を訪ね、妊娠を知らせた。リリのロンドン到着とともに始まったマスコミ攻勢の早い段階で電話をかけてきていた母クリスタルは、その知らせに大喜びだった。母はまた、友人の経営するブティックチェーンのバイヤー募集に応募していることや、新たに部屋を借りて引越しをする予定だということも話してくれた。

「そのブティックはわたしぐらいの年齢層をターゲットにしているし、ファッション業界のことならわたしもよく知っているわ。値段の交渉も得意だし」クリスタルは自信たっぷりに言った。「幸運を祈っててちょうだい」

母が自分で住む場所を見つけ、職を探していることにタリーは安心した。たとえ今回の職にはつけなくても、新たな生活へのスタート地点に立ったことは間違いない。

「赤ちゃんもできたことだし、これであなたとサンダーも元どおりね」母は満足そうにうなずいた。

「まあ、当然といえば当然だけど」

タリーが眉を上げた。「そうかしら？」

「わたしだってばかじゃないのよ、タリー」母は得意げに胸を張った。「あなたは子どもが大好きだから、リリともすぐ仲よくなれるだろうし、サンダーはあなたに夢中なんだから、絶対にうまくいくわ」

「サンダーが？　わたしに夢中？」

「だって、妻が出ていって五分もたたないうちに、その妻を取り戻すことしか考えられないような人よ。フランスで暮らしていたころのあなたたちほど幸せそうな夫婦は見たことがないわ」

母と別れたあと、タリーはその言葉を、当時の楽しい思い出をしみじみと噛みしめた。確かにあのころは二人でいて本当に幸せだった。そこへあの悲劇が襲い、悲嘆のあまり、互いに理解し合い許し合う関係に終止符が打たれたのだ。まだふくらんでもいない腹部をなでてタリーは心に誓った。もうあんなことを繰り返しはしない。最初の妊娠のときのような、胸ふくらむ期待からいっきに絶望のどん底に突き落とされ、この身が二つに裂かれるような悲しみを味わうのはごめんだ。母のアパートメントの玄関前でタリーはサンダーに電話をした。あいにくサンダーは会議中だったので、至急会いたいという伝言を残した。今回はなんら後ろめたい気分などなく妊娠を伝えるのだ。

　まるで絞首台を前にした男のような態度で、サンダーが自宅の客間に入ってきた。引きしまった横顔をこわばらせ、サンダーは黒光りする瞳をタリーに向けた。「会議中でもきみの電話は取り次ぐよう秘書に言っておけばよかったよ。で、どうした？」

　小柄な体をグレーのツーピースに包み、紅潮した頬に髪を下ろしたタリーが立ち上がり、輝く緑の瞳をサンダーに向けた。「赤ちゃんができたの」

　急用があるという伝言でまったく別の悪い話を想像していたサンダーは驚きを隠せなかった。予想が外れてほっと安堵したのは珍しいことだ。サンダーは大股で歩み寄り、いきなりタリーをぎゅっと強く抱きしめた。

「ああ……」ろくに声も出ず、その瞳は隠しようのない喜びに輝いている。「これまで聞いた中で最高のニュースだ！」

　サンダーの興奮ぶりにタリーは戸惑った。「あなたがどう思うか心配で……」

　その言葉に驚いたサンダーは顔を上げ、タリーの体をそっと床に下ろすと、不思議そうな目でタリーを見た。「二人で一緒に作った赤ん坊だろう？　二人がともに望んでいた子じゃないのか？」

「それはそうだけど――」

「ぼくがどれだけ頼りになるか心配なのか？」サンダーはタリーをやさしくソファに座らせ、その顔をのぞきこんで気づかうようにたずねた。「今度はずっときみのそばにいるよ。二年前とは違う。ぼくも成長し、自分が人生に何を求めているか、何が大切かを学んだんだ」

　タリーは胸がいっぱいになった。喉がつまり、熱い涙がこみ上げてくる。「本当？　本当にそう思ってくれているの？」

サンダーはタリーの手を握りしめた。「タリー、さっききみからの伝言を聞いたとき、ぼくは本当に怖かったんだ。きみがまた出ていくと告げるためにぼくを呼び戻したんじゃないかと思って」

タリーは戸惑うようにまばたきし、驚いた顔でサンダーを見返した。「なぜそう思ったの？」

「なぜだって？」高ぶる思いにサンダーの声がかすれた。「きみが戻ってきたのは自分の意思じゃなかったからさ。お父さんの圧力があったから」

「そ、そんなことをまだ気にしていたの？」タリーは気まずい思いで答えた。

タリーの言葉に応えるように、サンダーは自嘲気味の笑い声をあげた。「そりゃ気にするさ、当然だろう？」

「そんなふうには見えなかったわ」タリーの声には少し怒りがにじんでいた。

「ぼくは自分の気持ちを表に出すほうじゃないからね。それに、きみから聞かされた話が気に入らなくても、きみを手放したくない一心で耐えるしかなかったんだ。たとえきみが戻ってきたのがお父さんの要求に応えるためだったとしても、また失ってしまうことを思えば、それでもいいと思ったんだ」

サンダーの思いがけない告白に、タリーは驚きで目を見張るばかりだった。「それでよかったの？」

「いいわけはないさ」サンダーが歯を食いしばり、ぶっきらぼうに答えた。「ぼくにだってプライドはある。もしきみがぼくと暮らすことを望んでいないのなら、きみは自由だと告げるべきだと思った。でも、そんなことを言う勇気がなかった。きみをまた失うことが怖かったんだ」

世間ではクールと言われているサンダーの熱い言葉に心打たれ、タリーは人差し指でその硬く引き結ばれた唇をなぞった。「そうだったの」

「息子を亡くしたあときみがフランスの家から出ていったときは、地獄の苦しみだったよ」過去の暗い記憶の影を瞳ににじませ、サンダーは悲しげに言った。「酒におぼれ、自分はだめな人間だと思った。女性として何よりもつらい経験をしたきみを、ぼくは支えてやることができなかった。でも、ほかにどうすることもできなかったんだ。きみはぼくを寄せつけようとせず、話さえしなくなってしまっていたから」

タリーは顔をゆがめ、謝罪するように両腕でサンダーを抱きしめた。「本当にごめんなさい。確かに、あなたを締め出してしまっていたわ。考えてみれば、最初の妊娠がわかったとき、あなたが父親になることをあまり喜ばなかったことから、わたしの気持ちはかたくなになっていたんだと思うの。そのときのわだかまりがいつまでも消えなかったのね、あなたは変わったというのに」

サンダーはタリーを腕に抱いて立ち上がり、張りつめた視線で彼女の顔を見下ろした。「変わるのが遅すぎたんだ。息子が亡くなったあとのぼくの態度は後悔してもしきれないほどだが、過去は変えられなかった」

「そんなあなたを許せなかったわたしもいけなかったの」タリーはサンダーの肩に顔を押しつけ、涙声でささやいた。

「あの子を待ち望む気持ちを教えてくれたのはきみだった」サンダーが悲しい声で言った。「きみが子どもを欲しがっていたから、ぼくもその気になった。まさか問題が起きるとは思ってもいなかったし、いざあんなことになると、わが子を一人の人間として考えていなかった自分にひどい罪悪感を覚えた。悲しみにくれるきみを助けてやれない、そんな自分がことさらに無力に思えた」

「だからあんなに仕事漬けになってわたしを避けて

いたの？」

　サンダーは苦しげな目でタリーの顔を見下ろした。

「きみはもうぼくを求めてはいなかった。顔を見ればそれがはっきりわかった。ぼくはよけいな口を出さないほうがいい、あのときはそう思ったんだ」

「たぶん、わたしがいちばん落ち込んでいたときね。でも、いざ一人になってみると、何もかもがいっそう悪化したのよ」タリーは涙につまった声で言った。

「毎晩毎晩恐ろしい悪夢を見て……」

　サンダーが顔をしかめた。「そんな話、一度もしてくれたことはなかったじゃないか」

「あまりにも常軌を逸した内容で、とても話せなかったのよ。自分の頭がおかしくなったんじゃないかと」タリーはそう言ってから、亡くなったはずの息子を死に物狂いで捜す夢について語って聞かせた。

　サンダーは愕然とした。「話してくれればよかったのに。きみが寝室を別にしたとき、ぼくはまた拒否されたと感じたんだ。でも、きみはそうやって悲しみの過程と向き合っていたんだな。そしてぼくも、それぞれ違った形で」彼はそう言うと悲しげにかぶりを振った。「ぼくは罪悪感のあまり、きみになんと言っていいかわからなかったんだ」

「オレイアといて少しは気が楽になった？」タリーが唐突にたずねた。

　サンダーはうめき声をあげた。「いや、その逆だよ。オレイアが弁護士に託していたぼくあての手紙をきみにも読んでもらうよ。なぜリリのことをぼくに告げなかったか、その理由もそこに書いてある」

　タリーが眉をひそめて言った。「なぜ？　だいいち、そもそもなぜオレイアとよりを戻したの？　彼女が美人だから？」

　サンダーの暗く沈んだ瞳が金色に燃えた。彼は広い肩をぎこちなくすくめ、恥ずかしそうに心情を吐露した。「きみが結婚生活を捨てて出ていったとき、ぼくは完全に拒否されたと感じて傷ついたんだ。オレイアはいつでもぼくが欲しいとはっきり示していた。きみはぼくなど必要としていなかった。彼女にひかれたのはそんな単純なことだったんだ」

その事実にタリーはやはり傷ついた。彼女自身、激しく心を蝕む悲しみの中でもサンダーに欲望を感じてはいた。けれども、わが子の死を悼んでいる自分がそんな欲望を解き放つことなどできないと、己を戒めていたのだ。そんな苦しい思いをタリーはのみこんで言った。「オレイアは妊娠に気づいたとき、なぜあなたに告げなかったの？」

「オレイアにもプライドがあったんだ」サンダーは目を伏せ、張りつめた早口で言った。「一夜をともに過ごした翌朝、彼女は言ったよ。〝あなた、今でも奥さんに夢中なのね〟と。ぼくは彼女にうそはつけなかった」

その答えに、そしてそれが意味するものに、タリーは驚きで声も出なかった。

サンダーが顔をしかめた。「オレイアの言うとおりだったよ。だから彼女は、リリのことをぼくに告げても意味がないと考えたんだ。娘の湿疹の症状がかなりひどいことに気づき、父親であるぼくの助けが必要になるかもしれないと考えて初めて、オレイアはリリの存在をぼくに告げようと決めたんだ」

「ちょっと待って」タリーの息が乱れた。「つまり、最初に結婚したときからあなたはわたしを愛していたということ？」

「だが、きみが出ていってしまうまで、きみがどれほど大切かはわかっていなかった」サンダーは何かに突き動かされるように低い声で言った。「十代のころにオレイアに傷つけられたときから、もう二度と人を愛したりしないと心に決めていたからね」

「そうだろうと思っていたわ」タリーが言った。

「愛は人を弱く無防備にすると思っていた」サンダ

ーは低くかすれた声で言った。「だからきみにも心を奪われまいと思っていたのに、いつの間にか愛してしまっていたんだ。きみはぼくの心の平安になくてはならない人になっていたのに、それに気づいたときにはもう手遅れだった。ぼくはきみなしでは生きていけないんだ」

「ああ、サンダー……」こみ上げる涙で喉がつまり、タリーは細い指でサンダーの男らしく引きしまった顔を包み込んだ。「あなたがわたしを愛してくれるなら、わたしは一生あなたのそばにいるわ。そうよ、永遠に離れないわ！」

「永遠か、美しい言葉だ」サンダーはくぐもった声でつぶやき、息が止まるほど強くタリーの体を抱きしめた。「ぼくも永遠にきみが欲しい。でも、リリの存在を知ったときは本当にショックだった。これできみとの関係も終わりだと思った」

「その可能性はあったわね」タリーもうなずいた。「最初はわたしもあの子を受け入れる心の準備ができていなかったわ。でも、今はありのままにあの子を愛せるようになってきたの。リリにはわたしたち二人が必要なのよ」

「きみは本当にやさしいな」サンダーの低い声が感極まったようにしわがれた。顔を上げると、黒みがかった金色の瞳が涙に濡れていた。「リリには特に」彼はタリーの思いやり深さをほめたたえつづける。「ぼくはこんな特別な女性を妻にしたんだと、ますますきみが好きになったよ。そのうえぼくたちの子どもまでできて、もうこれ以上の幸せはない」

サンダーの大きな手がまだ平らなタリーの腹部をなでた。輝くその瞳は興奮と誇りを雄弁に物語っている。そんな彼の熱い思いはタリーの胸の奥まで響き、最後まで残っていた不安を吹き飛ばした。タリーは涙のにじむ目をしばたたき、サンダーの首に両腕をまわした。厳しい試練を与えられながらも奇跡的にお互いを再び見いだし、これまでにもまして深く強い愛で結ばれたことに感謝でいっぱいだった。かつては悲嘆に心を閉ざし、サンダーをも締め出して、結婚生活さえ危機に瀕(ひん)していた。困難をともに乗り越えられるほどお互いを知らずにいた二人だったが、今は相手が何を望んでいるかもずっとよくわかる。

「愛しているわ、苦しいほどに」タリーが言った。

「本当に苦しいのは、きみなしで生きていくことだよ」実際に経験した者の実感をこめてサンダーが答えた。もうあの暗い日々に戻るのはごめんだ。「ぼくは愛に関してはまだまだひよっ子だが、きみのことは心から大事に思っている。何しろ最高の掘り出し物だからね」

「でも、ベッドでのお仕事は最近ご無沙汰(ぶさた)ね」タリーはサンダーのネクタイをゆるめ、結び目をほどき始めた。

サンダーは震える瞳でタリーを見つめた。「それは、きみがぼくを拒否したから……」

「たった一度のキスだけでしょう」タリーが口をとがらせた。「女はいつだってふと気が変わるものなのよ。あなたがそんなに簡単に引き下がるとは思わなかったわ。かの有名なヴォラキス家の行動力と決断力はどこへいったの？」

サンダーはまいったと言いたげに大きな笑い声をあげた。その野性的な笑顔に重苦しい表情が消えた。むさぼるような唇が重なった瞬間、タリーのつま先に力が入り、全身が喜びに震えて生き返った。「見せてあげるよ、愛する人(アガピ・ムー)……」

一年半後、タリーはレモネードのグラスと子どもたち用のカップをトレーにのせてテラスに出た。

サンダーが見守る中、リリはおもちゃの赤い車で中庭を走りまわり、息子のティモンはそのあとをよちよち追いかけている。幼い顔にはすでに父親譲りの意志の強さが表れている。

「もう一台車を買ってやらないとな」ジュースとビスケットめがけて駆け寄ってくる子どもたちを見ながらサンダーが言った。「そのうち取り合いのけんかになるぞ」

もうすぐ二歳のリリは黒くつややかな巻き毛と大きな黒い瞳の華奢(きゃしゃ)な少女だ。タリーは正式にリリを養女にした。夫婦はロンドンと南フランスの家を交互に使い、南フランスの暖かな気候のおかげでリリの湿疹は予想以上の改善を見せた。ジュースのカップを手に、リリはタリーの膝に座って彼女のスカートを片手で握った。甘えん坊のリリは養母であるタリーにべったりで、タリーもリリをとてもかわいがっている。ティモンが生まれる少し前、タリーはオレイアがサンダーに託した手紙を読み、その悲しさに涙を流した。いつかリリが成長し、大人の人間関係が理解できる年になったら、その手紙を読ませてやろうと思っていた。

子どもたちはまったくタイプが違う。リリは慣れないものや見知らぬ人にはとても緊張し警戒するが、赤ん坊のころに比べればずっと落ち着いてきた。ようやく一歳を過ぎたばかりのティモンは正反対で、生まれながらに自信に満ち、恐れを知らず、父親に似て独立心旺盛(おうせい)なわんぱくだ。少しもじっとしていない息子を追いかけるには、頭の後ろにも目がないと追いつかないほどで、乳母の手助けがあるのは本当にありがたい。ティモンは言葉を話すのも歩き出すのも早かった。父方の祖父母はティモンを小さなハンサムさんと呼んでいるが、サンダーの母はもう一人孫娘が欲しいとまだ期待しているようだ。一、二年後にはもう一人作ってもいいとタリーも思っていた。

とはいえ、当分は今いる二人で十分満足だ。ティモンがおなかにいる間は不安でたまらなかった。無事に出産できるよう、ありとあらゆる特別な検査をしていても、何か問題が起きるのではないかと二人ともひそかに心配していた。妊娠中、サンダーはまるで壊れやすい陶磁器のようにタリーを大事に扱った。ティモンが無事に生まれたときの誰はばかることない喜びこそ、二人の愛情の証(あかし)だった。

母クリスタルはブティックチェーンのバイヤーの職につき、つい最近は大手百貨店に引き抜かれて給与も大幅に上がった。ファッション業界での仕事を楽しみ、海外旅行やファッションショーに出かけ、洋服は割引価格で手に入れている。今は初めてのマンション購入の計画を熱く語り、〝もう男は卒業した〟と宣言していた。自立した人生を楽しんでいるようだ。

デヴォン州での家政婦の仕事を退いたビンキーは、タリーたちのロンドンの自宅を定期的に訪ね、今は彼女の孫娘がタリーの家の乳母として働いてくれている。何よりも、サンダーとタリー一家にとって最も大きな変化は、タリーの父アナトールと義母アリアドネ、そして娘コジマとの関係だ。一年前、アナトールの誕生日パーティにサンダーとともに出席したタリーは、父の親類全員に紹介され、そこから新たな縁が生まれた。アナトールの妻アリアドネもタリーたちを努めて温かく迎えてくれた。コジマとも以前よりぐっと親しくなれたのは何よりうれしかった。

〈タルーラ・デザイン〉もますます好調で、ロバート・ミラーも自分のパートナーシップ契約をサンダーに売却することにようやく同意した。ロバートは今、非常に魅力的なアメリカ人モデルと交際中で、タブロイド紙の記事によれば、かなり真剣なつき合いのようだ。

乳母が子どもたちを入浴させるため室内に連れて

いくと、サンダーはタリーの腰に手をまわし、太腿の上に座らせて、マーマレード色の巻き毛をくすぐるようになぞった。「誰かに言われたことはないか、きみの髪はすごくセクシーだって」

「さあ、言われたかもね。だからもうストレートパーマはかけないのかも」緑の瞳を楽しげに輝かせてタリーが答える。「変てこな趣味だわ……」

サンダーは彼女の小柄な体を自分のほうに向けさせ、ふっくらした唇をむさぼるように味わった。

「変なの……」タリーがまたからかう。

太腿の内側の張りつめた肌を指先でなで上げられ、思わずタリーの息がつまった。

「サンダー……」さっきまでのからかう調子は影をひそめ、タリーの声が欲望にかすれた。

「愛しているよ、ミセス・ヴォラキス。きみと子どもたちと過ごす毎日、いとしさがどんどん募ってくる。知らなかったよ、家庭を持つのがこれほどすばらしいことだとは」

タリーの瞳が抑えきれず楽しげに輝いた。「自分でも言ってたけど、あなたって本当にのみこみが悪いのね！」

そんなタリーのからかいに応え、陽光を受けた瞳を金色に輝かせて、サンダーはいきなりタリーを抱き上げると立ち上がった。そのたくましく引きしまった体と小柄な体をしっかりと重ね、サンダーは息も止まらんばかりに唇を合わせた。引き合う磁石のようにぴったりと、酔いしれるほどの喜びを通わせ合いながら……。

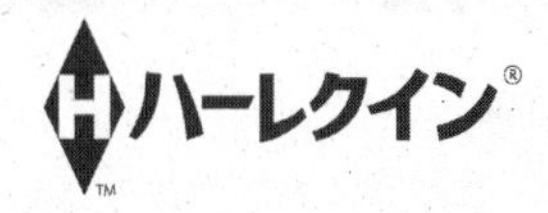

ハーレクイン・ロマンス　2012年4月刊（R-2721）

愛することが怖くて
2025年4月5日発行

著　　者	リン・グレアム
訳　　者	西江璃子（にしえ　りこ）
発 行 人	鈴木幸辰
発 行 所	株式会社ハーパーコリンズ・ジャパン 東京都千代田区大手町 1-5-1 電話 04-2951-2000（注文） 0570-008091（読者サービス係）
印刷・製本	大日本印刷株式会社 東京都新宿区市谷加賀町 1-1-1

ISBN978-4-596-72594-3 C0297

◆◆◆◆ ハーレクイン・シリーズ 4月5日刊 発売中

ハーレクイン・ロマンス
愛の激しさを知る

放蕩ボスへの秘書の献身愛 〈大富豪の花嫁にⅠ〉	ミリー・アダムズ／悠木美桜 訳	R-3957
城主とずぶ濡れのシンデレラ 〈独身富豪の独占愛Ⅱ〉	ケイトリン・クルーズ／岬 一花 訳	R-3958
一夜の子のために 《伝説の名作選》	マヤ・ブレイク／松本果蓮 訳	R-3959
愛することが怖くて 《伝説の名作選》	リン・グレアム／西江璃子 訳	R-3960

ハーレクイン・イマージュ
ピュアな思いに満たされる

スペイン大富豪の愛の子	ケイト・ハーディ／神鳥奈穂子 訳	I-2845
真実は言えない 《至福の名作選》	レベッカ・ウインターズ／すなみ 翔 訳	I-2846

ハーレクイン・マスターピース
世界に愛された作家たち
～永久不滅の銘作コレクション～

億万長者の駆け引き 《キャロル・モーティマー・コレクション》	キャロル・モーティマー／結城玲子 訳	MP-115

ハーレクイン・ヒストリカル・スペシャル
華やかなりし時代へ誘う

公爵の手つかずの新妻	サラ・マロリー／藤倉詩音 訳	PHS-348
尼僧院から来た花嫁	デボラ・シモンズ／上木さよ子 訳	PHS-349

ハーレクイン・プレゼンツ作家シリーズ別冊
魅惑のテーマが光る
極上セレクション

最後の船旅 《ハーレクイン・ロマンス・タイムマシン》	アン・ハンプソン／馬渕早苗 訳	PB-406

※予告なく発売日・刊行タイトルが変更になる場合がございます。ご了承ください。